蜘《く》蛛《も》の糸

芥川龍之介

ハルキ文庫

角川春樹事務所

目次

蜘蛛の糸

鼻《はな》

禅智《ぜんち》内供《ないぐ》*1の鼻といえば、池《いけ》の尾《お》で知らない者はない。長さは五、六寸《すん》*2あって、上唇《うわくちびる》の上からあごの下まで下がっている。形は元も先も同じように太い。いわば細長い腸詰《ちょうづ》めのような物が、ぶらりと顔のまん中からぶら下がっているのである。

五十歳を越えた内供《ないぐ》は、沙弥《しゃみ》*3の昔から内道場供奉《ないどうじょうぐぶ》*4の職《しょく》にのぼった今日《こんにち》まで、内心では始《し》終《じゅう》この鼻を苦《く》に病《や》んで来た。もちろん表面では、今でもさほど気にならないような顔をしてすましている。これは専念《せんねん》に当来《とうらい》*5の浄土《じょうど》を渇仰《かつごう》すべき僧侶《そうりょ》の身で、鼻の心配をするのが悪いと思ったからばかりではない。それよりむしろ、自分で鼻を気にしているということを、人に知られるのが嫌《いや》だったからである。内供は日常の談話《だんわ》の中に、鼻という語が出て来るのを何よりも惧《おそ》れていた。

内供《ないぐ》が鼻を持てあました理由は二つある。――一つは実際的に、鼻の長いのが不便だったからである。第一飯《めし》を食《く》う時にも独《ひと》りでは食えない。独りで食えば、鼻の先が鋺《かなまり》*6の中の飯へとどいてしまう。そこで内供は弟子《でし》の一人を膳《ぜん》の向こうへ坐《すわ》らせて、飯を食う間じゅう、広さ一寸《すん》長さ二尺《しゃく》*7ばかりの板で、鼻を持ち上げていてもらうことにした。しかしこうして飯を食うということは、持ち上げている弟子にとっても、持ち上げられている内供にとっても、決して容易《ようい》なことではない。一度この弟子の代わりをした中童子《ちゅうどうじ》*8が、嚔《くさめ》をした拍子《ひょうし》に手がふるえて、鼻を粥《かゆ》の中へ落とした話は、当時京都まで喧伝《けんでん》された。——けれどもこれは内供にとって、決して鼻を苦《く》に病《や》んだおもな理由ではない。内供は実にこの鼻によって傷《きず》つけられる自尊心《じそんしん》のために苦しんだのである。

池《いけ》の尾《お》の町の者は、こういう鼻をしている禅智内供《ぜんちないぐ》のために、内供の俗《ぞく》でないことを仕《し》合《あわ》せだといった。あの鼻では誰《たれ》も妻になる女があるまいと思ったからである。中にはまた、あの鼻だから出家《しゅっけ》したのだろうと批評《ひひょう》する者さえあった。しかし内供は、自分が僧であるために、幾分《いくぶん》でもこの鼻に煩《わずら》わされることが少なくなったとは思っていない。内供の自尊《じそん》心《しん》は、妻帯《さいたい》というような結果的な事実に左右されるためには、あまりにデリケイトに出来ていたのである。そこで内供は、積極的《せっきょく》にも消極的《しょうきょく》にも、この自尊心の毀損《きそん》を恢復《かいふく》しようと試《こころ》みた。

第一に内供《ないぐ》の考えたのは、この長い鼻を実際以上に短く見せる方法である。これは人のいない時に、鏡《かがみ》へ向かって、いろいろな角度から顔を映《うつ》しながら、熱心に工夫《くふう》を凝《こ》らしてみた。どうかすると、顔の位置を換《か》えるだけでは、安心が出来なくなって、頰杖《ほおづえ》をついたりあごの先へ指をあてがったりして、根気《こんき》よく鏡を覗《のぞ》いて見ることもあった。しかし自分でも満足するほど、鼻が短く見えたことは、これまでにただの一度もない。時によると、苦心《くしん》すればするほど、かえって長く見えるような気さえした。内供は、こういう時には、鏡を筥《はこ》へしまいながら、今さらのようにため息をついて、不承不承《ふしょうぶしょう》にまた元の経机《きょうづくえ》へ、観《かん》音経《のんぎょう》をよみに帰るのである。

それからまた内供《ないぐ》は、絶えず人の鼻を気にしていた。池《いけ》の尾《お》の寺は、僧供《そうぐ》講説《こうせつ》＊9などのしばしば行われる寺である。寺の内には、僧坊《そうぼう》が隙《すき》なく建て続いて、湯屋《ゆや》では寺の僧が日ごとに湯を沸《わ》かしている。したがってここへ出入《しゅつにゅう》する僧俗《そうぞく》の類《たぐい》もはなはだ多い。内供はこういう人々の顔を根気《こんき》よく物色《ぶっしょく》した。一人でも自分のような鼻のある人間を見つけて、安心がしたかったからである。だから内供の眼《め》には、紺《こん》の水干《すいかん》も白の帷子《かたびら》＊10もはいらない。まして柑子《こうじ》色《いろ》の帽子《ぼうし》や、椎鈍《しいにび》の法衣《ころも》＊11なぞは、見慣《みな》れているだけに、有《あ》れども無《な》きがごとくである。内供は人を見ずに、ただ、鼻を見た。——しかし鍵鼻《かぎばな》はあっても、内供のような鼻は一つも見当たらない。その見当たらないことがたび重《かさ》なるにしたがって、内供の心はしだいにまた不快になった。内供が人と話しながら、思わずぶらりと下がっている鼻の先をつまんで見て、年甲斐《としがい》もなく顔を赤めたのは、まったくこの不快に動かされての所為《しょい》である。

最後に、内供《ないぐ》は、内典外典《ないてんげてん》＊12の中に、自分と同じような鼻のある人物を見出《みいだ》して、せめても幾分《いくぶん》の心やりにしようとさえ思ったことがある。けれども、目連《もくれん》や、舎利弗《しゃりほつ》＊13の鼻が長かったとは、どの経文《きょうもん》にも書いてない。もちろん龍樹《りゅうじゅ》＊14や馬鳴《めみょう》＊15も、人並《ひとなみ》の鼻を備《そな》えた菩薩《ぼさつ》＊16である。内供は、震旦《しんたん》*17の話のついでに蜀漢《しょくかん》の劉玄徳《りゅうげんとく》*18の耳が長かったということを聞いた時に、それが鼻だったら、どのくらい自分は心細《こころぼそ》くなくなるだろうと思った。

内供《ないぐ》がこういう消極《しょうきょく》的な苦心《くしん》をしながらも、一方ではまた、積極《せっきょく》的に鼻の短くなる方法を試《こころ》みたことは、わざわざここにいうまでもない。内供はこの方面でもほとんど出来るだけのことをした。烏瓜《からすうり》を煎《せん》じて飲んでみたこともある。鼠《ねずみ》の尿《いばり》を鼻へなすってみたこともある。しかし何をどうしても、鼻は依然《いぜん》として、五、六寸《すん》の長さをぶらりと唇《くちびる》の上にぶら下げているではないか。

ところがある年の秋、内供《ないぐ》の用を兼《か》ねて、京へ上《のぼ》った弟子《でし》の僧が、知己《しるべ》の医者から長い鼻を短くする法を教わっていた。その医者というのは、もと震旦《しんたん》から渡って来た男で、当時は長楽寺《ちょうらくじ》の供僧《ぐそう》になっていたのである。

内供《ないぐ》は、いつものように、鼻などは気にかけないというふうをして、わざとその法もすぐにやってみようとはいわずにいた。そうして一方では、気軽《きがる》な口調《くちょう》で、食事のたびごとに、弟子《でし》の手数《てすう》をかけるのが、心苦しいというようなことをいった。内心ではもちろん弟子の僧が、自分を説《と》き伏《ふ》せて、この法を試《こころ》みさせるのを待っていたのである。弟子の僧にも、内供のこの策略《さくりゃく》がわからないはずはない。しかしそれに対する反感よりは、内供のそういう策略をとる心もちの方が、より強くこの弟子の僧の同情を動かしたのであろう。弟子の僧は、内供の予期通り、口をきわめて、この法を試みることを勧《すす》めだした。そうして、内供自身もまた、その予期通り、結局この熱心な勧告《かんこく》に聴従《ちょうじゅう》することになった。

その法というのは、ただ、湯で鼻を茹《ゆ》でて、その鼻を人に踏ませるという、きわめて簡単なものであった。

湯は寺の湯屋《ゆや》で、毎日沸《わ》かしている。そこで弟子《でし》の僧は、指も入れられないような熱い湯を、すぐに提《ひさげ》[*19]に入れて、湯屋から汲《く》んで来た。しかしじかにこの提へ鼻を入れるとなると、湯気《ゆげ》に吹かれて顔を火傷《やけど》するおそれがある。そこで折敷《おしき》[*20]へ穴をあけて、それを提の蓋《ふた》にして、その穴から鼻を湯の中へ入れることにした。鼻だけはこの熱い湯の中へ浸《ひた》しても、少しも熱くないのである。しばらくすると弟子の僧がいった。

——もう茹《うだ》った時分でござろう。

内供《ないぐ》は苦笑《くしょう》した。これだけ聞いたのでは、誰《たれ》も鼻の話とは気がつかないだろうと思ったからである。鼻は熱湯《ねっとう》に蒸《む》されて、蚤《のみ》の食《く》ったようにむず痒《がゆ》い。

弟子《でし》の僧は、内供《ないぐ》が折敷《おしき》の穴から鼻をぬくと、そのまだ湯気《ゆげ》の立っている鼻を、両足に力を入れながら、踏みはじめた。内供は横になって、鼻を床板《ゆかいた》の上へのばしながら、弟子の僧の足が上下《うえした》に動くのを眼《め》の前に見ているのである。弟子の僧は、時々気の毒そうな顔をして、内供の禿《は》げ頭《あたま》を見下ろしながら、こんなことをいった。

――痛《いと》うはござらぬかな。医師は責《せ》めて踏めと申したで。じゃが、痛うはござらぬかな。

内供《ないぐ》は、首を振って、痛くないという意味を示そうとした。ところが鼻を踏まれているので思うように首が動かない。そこで、上眼《うわめ》を使って、弟子《でし》の僧の足にあかぎれのきれているのを眺《なが》めながら、腹を立てたような声で、

――痛《いと》うはないて。

と答えた。実際鼻はむず痒《がゆ》いところを踏まれるので、痛いよりもかえって気もちのいいくらいだったのである。

しばらく踏んでいると、やがて、粟粒《あわつぶ》のようなものが、鼻へ出来はじめた。いわば毛をむしった小鳥をそっくり丸炙《まるやき》にしたような形である。弟子《でし》の僧はこれを見ると、足を止めて独《ひと》り言《ごと》のようにこういった。

――これを鑷子《けぬき》でぬけと申すことでござった。

内供《ないぐ》は、不足らしく頰《ほお》をふくらせて、黙《だま》って弟子《でし》の僧のするなりに任《まか》せておいた。もちろん弟子の僧の親切《しんせつ》がわからないわけではない。それは分かっても、自分の鼻をまるで物《ぶっ》品《ぴん》のように取り扱《あつか》うのが、不愉快《ふゆかい》に思われたからである。内供は、信用しない医者の手術をうける患者《かんじゃ》のような顔をして、不承不承《ふしょうぶしょう》に弟子の僧が、鼻の毛穴から鑷子《けぬき》で脂《あぶら》をとるのを眺《なが》めていた。脂は、鳥の羽の茎《くき》のような形をして、四分《しぶ》*21ばかりの長さにぬけるのである。

やがてこれが一通りすむと、弟子の僧は、ほっと一息《ひといき》ついたような顔をして、

――もう一度、これを茹《う》でればようござる。

といった。

内供《ないぐ》はやはり、八の字をよせたまま不服《ふふく》らしい顔をして、弟子《でし》の僧のいうなりになっていた。

さて二度目に茹《ゆ》でた鼻を出して見ると、なるほど、いつになく短くなっている。これではあたりまえの鍵鼻《かぎばな》とたいした変わりはない。内供はその短くなった鼻を撫《な》でながら、弟《で》子《し》の僧の出してくれる鏡《かがみ》を、きまりが悪そうにおずおず覗《のぞ》いて見た。

鼻は――あのあごの下まで下がっていた鼻は、ほとんど嘘《うそ》のように萎縮《いしゅく》して、今はわずかに上唇《うわくちびる》の上で意気地《いくじ》なく残喘《ざんぜん》を保《たも》っている[*22]。ところどころまだらに赤くなっているのは、おそらく踏まれた時の痕《あと》であろう。こうなれば、もう誰《たれ》も哂《わら》うものはないのにちがいない。――鏡《かがみ》の中にある内供《ないぐ》の顔は、鏡の外にある内供の顔を見て、満足そうに眼《め》をしばたたいた。

しかし、その日はまだ一日、鼻がまた長くなりはしないかという不安があった。そこで内供《ないぐ》は誦経《ずきょう》する時にも、食事をする時にも、暇《ひま》さえあれば手を出して、そっと鼻の先にさわってみた。が、鼻は行儀《ぎょうぎ》よく唇《くちびる》の上に納《おさ》まっているだけで、格別それより下へぶら下が

って来る気色《けしき》もない。それから一晩《ひとばん》寝てあくる日早く眼《め》がさめると内供はまず、第一に、自分の鼻を撫《な》でてみた。鼻は依然《いぜん》として短い。内供はそこで、幾年《いくねん》にもなく、法華経書写《ほけきょうしょしゃ》の功《こう》を積んだ時のような、のびのびした気分になった。

ところが二、三日たつうちに、内供《ないぐ》は意外な事実を発見した。それは折から、用事があって、池《いけ》の尾《お》の寺を訪《おとず》れた侍《さむらい》が、前よりもいっそう可笑《おか》しそうな顔をして、話もろくろくせずに、じろじろ内供の鼻ばかり眺《なが》めていたことである。それのみならず、かつて、内供の鼻を粥《かゆ》の中へ落としたことのある中童子《ちゅうどうじ》なぞは　、講堂の外で内供と行きちがった時に、始めは、下を向いて可笑しさをこらえていたが、とうとうこらえかねたと見えて、一度にふっと吹き出してしまった。用をいいつかった下法師《しもほうし》*23たちが、面と向かっている間だけは、慎《つつし》んで聞いていても、内供が後ろさえ向けば、すぐにくすくす笑い出したのは、一度や二度のことではない。

内供は始め、これを自分の顔がわりがしたせいだと解釈《かいしゃく》した。しかしどうもこの解釈だけでは十分《じゅうぶん》に説明がつかないようである。――もちろん、中童子《ちゅうどうじ》や下法師《しもほうし》が嗤《わら》う原因は、そこにあるのにちがいない。けれども同じ嗤うにしても、鼻の長かった昔とは、嗤うのにどことなく容子《ようす》がちがう。見慣《みな》れた長い鼻より、見慣れない短い鼻の方が滑稽《こっけい》に見えるといえば、それまでである。が、そこにはまだ何かあるらしい。

――前にはあのようにつけつけとは哂《わら》わなんだて。

内供《ないぐ》は、誦《ず》しかけた経文《きょうもん》をやめて、禿《は》げ頭《あたま》を傾《かたむ》けながら、時々こう呟《つぶや》くことがあった。愛すべき内供は、そういう時になると、必ずぼんやり、傍《かたわら》にかけた普賢《ふげん》の画像*24を眺《なが》めながら、鼻の長かった四、五日前のことを憶《おも》い出して、「今はむげにいやしくなりさがれる人の、さかえたる昔をしのぶがごとく」ふさぎこんでしまうのである。――内供には、遺憾《いかん》ながらこの問いに答えを与える明《めい》が欠けていた。

――人間の心には互いに矛盾《むじゅん》した二つの感情がある。もちろん、誰《たれ》でも他人の不幸に同情しない者はない。ところがその人がその不幸を、どうにかして切りぬけることが出来ると、今度《こんど》はこっちで何となく物足りないような心もちがする。少し誇張《こちょう》していえば、もう一度その人を、同じ不幸に陥《おとしい》れてみたいような気にさえなる。そうしていつの間にか、消《しょう》極《きょく》的ではあるが、ある敵意《てきい》をその人に対して抱《いだ》くようなことになる。――内供《ないぐ》が、理由を知らないながらも、何となく不快に思ったのは、池《いけ》の尾《お》の僧俗《そうぞく》の態度に、この傍観者《ぼうかんしゃ》の利己《りこ》主義をそれとなく感づいたからにほかならない。

そこで内供《ないぐ》は日ごとに機嫌《きげん》が悪くなった。二言目《ふたことめ》には、誰《たれ》でも意地《いじ》悪《わる》く叱《しか》りつける。しまいには鼻の療治《りょうじ》をしたあの弟子《でし》の僧でさえ、「内供は法慳貪《ほうけんどん》*25の罪を受けられるぞ」と陰《かげ》口《ぐち》をきくほどになった。殊《こと》に内供を忿《おこ》らせたのは、例の悪戯《いたずら》な中童子《ちゅうどうじ》である。ある日、けたたましく犬の吠《ほ》える声がするので、内供が何気《なにげ》なく外へ出て見ると、中童子は、二尺《しゃく》ばかりの木の片《きれ》をふりまわして、毛の長い、痩《や》せたむく犬を逐《お》いまわしている。それもただ、逐いまわしているのではない。「鼻を打たれまい。それ、鼻を打たれまい」と囃《はや》しながら、逐いまわしているのである。内供は、中童子の手からその木の片《きれ》をひったくって、したたかその顔を打った。木の片は以前の鼻持《はなも》上《た》げの木だったのである。

内供《ないぐ》はなまじいに、鼻の短くなったのが、かえって恨《うら》めしくなった。

するとある夜のことである。日が暮れてから急に風が出たと見えて、塔《とう》の風鐸《ふうたく》*26の鳴る音が、うるさいほど枕《まくら》に通《かよ》って来た。そのうえ、寒さもめっきり加わったので、老年の内供は寝つこうとしても寝つかれない。そこで床《とこ》の中でまじまじしていると、ふと鼻がいつになく、むず痒《がゆ》いのに気がついた。手をあてて見ると少し水気《すいき》が来たようにむくんでいる。どうやらそこだけ、熱さえもあるらしい。

——無理《むり》に短《みじこ》うしたで、病《やまい》が起こったのかも知れぬ。

内供《ないぐ》は、仏前《ぶつぜん》に香花《こうげ》を供《そな》えるようなうやうやしい手つきで、鼻をおさえながら、こう呟《つぶや》いた。

翌朝、内供《ないぐ》がいつものように早く眼《め》をさまして見ると、寺内《じない》の銀杏《いちょう》や橡《とち》が一晩のうちに葉を落としたので、庭《にわ》は黄金《きん》を敷《し》いたように明るい。塔《とう》の屋根には霜《しも》が下りているせいであろう。まだうすい朝日に、九輪《くりん》*27がまばゆく光っている。禅智《ぜんち》内供は、蔀《しとみ》*28を上げた縁《えん》に立って、深く息をすいこんだ。

ほとんど、忘れようとしていたある感覚が、再《ふたた》び内供に帰って来たのはこの時である。

内供《ないぐ》は慌《あわ》てて鼻へ手をやった。手にさわるものは、昨夜《ゆうべ》の短い鼻ではない。上唇《うわくちびる》の上からあごの下まで、五、六寸《すん》あまりもぶら下がっている、昔の長い鼻である。内供は鼻が一夜《いちや》のうちに、また元の通り長くなったのを知った。そうしてそれと同時に、鼻が短くなった時と同じような、はればれした心もちが、どこからともなく帰って来るのを感じた。

――こうなれば、もう誰《たれ》も哂《わら》うものはないにちがいない。

内供《ないぐ》は心の中でこう自分に囁《ささや》いた。長い鼻をあけ方《がた》の秋風にぶらつかせながら。

（一九一六年一月）

芋《いも》粥《がゆ》

元慶《げんけい》の末《すえ》か、仁和《にんな》の始めに*1あった話であろう。どちらにしても時代はさして、この話に大事な役を、勤《つと》めていない。読者はただ、平安朝《へいあんちょう》という、遠い昔が背景《はいけい》になっているということを、知ってさえいてくれれば、よいのである。――そのころ、摂政藤原基経《せっしょうふじわらのもとつね》に仕《つか》えている侍《さむらい》の中に、某《なにがし》という五位《ごい》*2があった。

これも、某《なにがし》と書かずに、何《なん》の誰《たれ》と、ちゃんと姓名《せいめい》を明らかにしたいのであるが、あいにく旧記《きゅうき》*3には、それが伝わっていない。おそらくは、実際、伝わる資格がないほど、平凡《へいぼん》な男だったのであろう。いったい旧記の著者《ちょしゃ》などという者は、平凡な人間や話に、あまり興《きょう》味《み》を持たなかったらしい。この点で、彼らと、日本の自然派《しぜんは》の作家とは、だいぶちがう。王朝《おうちょう》時代の小説家は、存外《ぞんがい》、閑人《ひまじん》でない。――とにかく、摂政藤原基経に仕《つか》えている侍《さむらい》の中に、某という五位があった。これが、この話の主人公である。

五位は、風采《ふうさい》のはなはだ揚《あが》らない男であった。第一背《せい》が低い。それから赤鼻《あかはな》で、眼尻《めじり》が下がっている。口髭《くちひげ》はもちろん薄《うす》い。頰《ほお》が、こけているから、あごが、人並《ひとなみ》はずれて、細く見える。唇《くちびる》は――いちいち、数え立てていれば、際限《さいげん》はない。わが五位の外貌《がいぼう》はそれほど、非凡《ひぼん》に、だらしなく、出来上がっていたのである。

この男が、いつ、どうして、基経に仕《つか》えるようになったのか、それは誰も知っていない。が、よほど以前から、同じような色の褪《さ》めた水干《すいかん》に、同じような萎々《なえなえ》した烏帽子《えぼし》をかけて、同じような役目を、飽《あ》きずに、毎日、繰《く》り返していることだけは、確かである。その結果であろう、今では、誰が見ても、この男に若い時があったとは思われない。（五位は四十を越していた。）その代わり生まれた時から、あの通り寒そうな赤鼻《あかはな》と、形ばかりの口髭《くちひげ》とを、朱雀大路《すざくおおじ》の衢風《ちまたかぜ》に、吹かせていたという気がする。上《かみ》は主人の基経から、下《しも》は牛飼《うしかい》の童児《どうじ》まで、無意識ながら、ことごとくそう信じて疑《うたが》う者がない。

こういう風采《ふうさい》を具《そな》えた男が、周囲から、受ける待遇《たいぐう》は、おそらく書くまでもないことであろう。侍所《さぶらいどころ》＊4にいる連中《れんちゅう》は、五位に対して、ほとんど蝿《はえ》ほどの注意も払わない。有位無位《うぃむい》、あわせて二十人に近い下役《したやく》さえ、彼の出入りには、不思議なくらい、冷淡《れいたん》を極《きわ》めている。五位が何かいいつけても、決して彼ら同志の雑談《ざつだん》をやめたことはない。彼らにとっては、空気の存在が見えないように、五位の存在も、眼《め》を遮《さえぎ》らないのであろう。下役でさえそうだとすれば、別当《べっとう》＊5とか、侍所の司《つかさ》とかいう上役《うわやく》たちが頭から彼を相手にしないのは、むしろ自然の数《すう》である。彼らは、五位に対すると、ほとんど、小供《こども》らしい無意味な悪意《あくい》を、冷然とした表情の後ろに隠《かく》して、何をいうのでも、手真似《てまね》だけで用を足した。人間に言語があるのは、偶然ではない。したがって、彼らも手真似では用を弁《べん》じないことが、時々ある。が、彼らは、それを全然五位の悟性《ごせい》に、欠陥《けつかん》があるからだと、思っているらしい。そこで彼らは用が足りないと、この男の歪《ゆが》んだ揉烏帽子《もみえぼし》の先から、切れかかった藁草履《わらぞうり》の尻《しり》まで、万遍《まんべん》なく見上げたり、見下ろしたりして、それから、鼻で哂《わら》いながら、急に後ろを向いてしまう。それでも、五位は、腹を立てたことがない。彼は、いっさいの不正《ふせい》を、不正として感じないほど、意気地《いくじ》のない、臆病《おくびょう》な人間だったのである。

ところが、同僚《どうりょう》の侍《さむらい》たちになると、進んで、彼を翻弄《ほんろう》しようとした。年かさの同僚が、彼のふるわない風采《ふうさい》を材料にして、古い洒落《しゃれ》を聞かせようとするごとく、年下の同僚も、またそれを機会にして、いわゆる興言利口《きょうげんりこう》＊6の練習をしようとしたからである。彼らは、この五位の面前《めんぜん》で、その鼻と口髭《くちひげ》と、烏帽子《えぼし》と水干《すいかん》とを、品隲《ひんしつ》＊7して飽《あ》きることを知らなかった。それればかりではない。彼が五、六年前に別れたうけ唇《くち》の女房《にょうぼう》とその女房と関係があったという酒のみの法師《ほうし》とも、しばしば彼らの話題《わだい》になった。そのうえ、どうかすると、彼らははなはだ、性質《たち》の悪い悪戯《いたずら》さえする。それを今いちいち、列記《れつき》することは出来ない。が、彼の篠枝《ささえ》＊8の酒を飲んで、後《あと》へ尿《いばり》を入れておいたということを書けば、そのほかはおよそ、想像されることだろうと思う。

しかし、五位はこれらの揶揄《やゆ》に対して、全然無感覚であった。少なくもわき眼《め》には、無感覚であるらしく思われた。彼は何をいわれても、顔の色さえ変えたことがない。黙《だま》って例の薄《うす》い口髭《くちひげ》を撫《な》でながら、するだけのことをしてすましている。ただ、同僚《どうりょう》の悪戯《いたずら》が、高《こう》じすぎて、髷《まげ》に紙切れをくっつけたり、太刀《たち》の鞘《さや》に草履《ぞうり》を結《むす》びつけたりすると、彼は笑うのか、泣くのか、わからないような笑顔《えがお》をして、「いけぬのう、お身《み》たちは。」という。その顔を見、その声を聞いた者は、誰《たれ》でも一時あるいじらしさに打たれてしまう。（彼らにいじめられるのは、一人、この赤鼻《あかはな》の五位だけではない。彼らの知らない誰かが――多数の誰かが、彼の顔と声とを借りて、彼らの無情《むじょう》を責《せ》めている。）――そういう気が、朧《おぼろ》げながら、彼らの心に、一瞬《いっしゅん》の間にしみこんで来るからである。ただその時の心もちを、いつまでも持ち続ける者ははなはだ少ない。その少ない中の一人に、ある無位《むい》の侍《さむらい》があった。これは丹波《たんば》の国から来た男で、まだ柔《やわ》らかい口髭が、やっと鼻の下に、生《は》えかかったくらいの青年である。もちろん、この男も始めは皆《みな》と一しょに、何の理由もなく、赤鼻の五位を軽蔑《けいべつ》した。ところが、ある日何かの折に、「いけぬのう、お身たちは」という声を聞いてからは、どうしても、それが頭を離《はな》れない。それ以来、この男の眼にだけは、五位がまったく別人として、映《うつ》るようになった。栄養《えいよう》の不足した、血色《けっしょく》の悪い、間《ま》のぬけた五位の顔にも、世間の迫害《はくがい》にべそを掻《か》いた、「人間」が覗《のぞ》いているからである。この無位の侍には、五位のことを考えるたびに、世の中のすべてが、急に、本来の下等《かとう》さを露《あらわ》すように思われた。そうしてそれと同時に霜《しも》げた赤鼻と数えるほどの口髭とが、何となく一味《いちみ》の慰安《いあん》を自分の心に伝えてくれるように思われた。……

しかし、それは、ただこの男一人に、限ったことである。こういう例外を除《のぞ》けば、五位は、依然《いぜん》として周囲の軽蔑《けいべつ》の中に、犬のような生活を続けて行かなければならなかった。第一彼には着物らしい着物が一つもない。青鈍《あおにび》の水干《すいかん》と、同じ色の指貫《さしぬき》*9とが一つずつあるが、今ではそれが上白《うわじろ》んで、藍《あい》とも紺《こん》とも、つかないような色に、なっている。水干はそれでも、肩が少し落ちて、丸組《まるぐみ》の緒《お》や菊綴《きくとじ》*10の色が怪《あや》しくなっているだけだが、指貫になると、裾《すそ》のあたりのいたみ方が、一通《ひととお》りでない。その指貫の中から、下の袴《はかま》もはかない、細い足が出ているのを見ると、口の悪い同僚《どうりょう》でなくとも、痩公卿《やせくげ》の車を牽《ひ》いている、痩牛《やせうし》の歩《あゆ》みを見るような、みすぼらしい心もちがする。それに佩《は》いている太刀《たち》も、すこぶる覚束《おぼつか》ない物で、柄《つか》の金具《かなぐ》もいかがわしければ、黒鞘《くろざや》の塗《ぬり》も剝《は》げかかっている。これが例の赤鼻《あかはな》で、だらしなく草履《ぞうり》をひきずりながら、ただでさえ猫背《ねこぜ》なのを、いっそう寒空《さむぞら》の下に背《せ》ぐくまって、もの欲しそうに、左右を眺《なが》め眺め、きざみ足に歩くのだから、通りがかりの物売りまで莫迦《ばか》にするのも、無理はない。現に、こういうことさえあった。……

ある日、五位が三条坊門《さんじょうぼうもん》*11神泉苑《しんせんえん》*12の方へ行く所で、子供が六、七人、路《みち》ばたに集まって何かしているのを見たことがある。「こまつぶり」*13でも、廻《まわ》しているのかと思って、後ろから覗《のぞ》いて見ると、どこかから迷って来た、むく犬の首へ縄《なわ》をつけて、打ったり殴《たた》いたりしているのであった。臆病《おくびょう》な五位は、これまで何かに同情を寄せることがあっても、あたりへ気を兼《か》ねて、まだ一度もそれを行為《こうい》に現わしたことがない。が、この時だけは相手が子供だというので、幾分《いくぶん》か勇気《ゆうき》が出た。そこで出来るだけ、笑顔《えがお》をつくりながら、年かさらしい子供の肩を叩《たた》いて、「もう、堪忍《かんにん》してやりなされ。犬も打たれれば、痛《いた》いでのう」と声をかけた。するとその子供はふりかえりながら、上眼《うわめ》を使って、蔑《さげす》むように、じろじろ五位の姿を見た。いわば侍所《さぶらいどころ》の別当《べつとう》が用の通《つう》じない時に、この男を見るような顔をして、見たのである。「いらぬ世話《せわ》はやかれとうもない。」その子供は一足下がりながら、高《こう》慢《まん》な唇《くちびる》を反《そ》らせて、こういった。「何じゃ、この鼻赤《はなあか》めが。」五位は、この語《ことば》が自分の顔を打ったように感じた。が、それは悪態《あくたい》をつかれて、腹が立ったからでは毛頭《もうとう》ない。いわなくともいいことをいって、恥をかいた自分が、情《なさ》けなくなったからである。彼は、きまりが悪いのを苦しい笑顔に隠《かく》しながら、黙《だま》って、また、神泉苑の方へ歩き出した。後ろでは、子供が、六、七人、肩を寄せて、「べっかっこう」*14をしたり、舌を出したりしている。もちろん彼はそんなことを知らない。知っていたにしても、それが、この意気地《いくじ》のない五位にとって、何であろう。………

　では、この話の主人公は、ただ、軽蔑《けいべつ》されるためにのみ生まれて来た人間で、別に何の希望も持っていないかというと、そうでもない。五位は五、六年前から芋粥《いもがゆ》という物に、異常《いじよう》な執着《しゆうちやく》を持っている。芋粥とは山の芋《いも》を中に切り込んで、それを甘葛《あまずら》[*15]の汁《しる》で煮《に》た、粥《かゆ》のことをいうのである、当時はこれが、無上《むじよう》の佳味《かみ》として、上《かみ》は万乗《ばんじよう》の君《きみ》[*16]の食膳《しよくぜん》にさえ、上《のぼ》せられた。したがって、わが五位のごとき人間の口へは、年に一度、臨時《りんじ》の客[*17]の折にしか、はいらない。その時でさえ飲めるのは、僅《わず》かに喉《のど》をうるおすに足るほどの少量である。そこで芋粥を飽《あ》きるほど飲んでみたいということが、久《ひさ》しい前から、彼の唯一《ゆいいつ》の欲望になっていた。もちろん、彼は、それを誰《たれ》にも話したことがない。いや彼自身さえそれが、彼の一生を貫《つらぬ》いている欲望だとは、明白《めいはく》に意識しなかったことであろう。が事実は、彼がそのために、生きているといっても、差し支《つか》えないほどであった。——人間は、時として、充《みた》されるか、充されないか、わからない欲望のために、一生を捧《ささ》げてしまう。その愚《ぐ》を哂《わら》う者は、畢竟《ひつきよう》、人生に対する路傍《ろぼう》の人に過ぎない。

　しかし、五位が夢想《むそう》していた、「芋粥に飽《あ》かん」ことは、存外容易《ぞんがいようい》に事実となって、現れた。その始終《しじゆう》を書こうというのが、芋粥の話の目的なのである。

　ある年の正月二日、基経《もとつね》の第《だい》[*18]に、いわゆる臨時《りんじ》の客があった時のことである。（臨時の客は二《に》の宮大饗《みやたいきよう》と同日《どうじつ》に摂政関白家《せつしようかんぱくけ》が、大臣《だいじん》以下の上達部《かんだちめ》を招《まね》いて、催《もよお》す饗宴《きようえん》で、大饗と

別に変わりがない。）五位《ごい》も、ほかの侍《さむらい》たちにまじって、その残肴《ざんこう》の招伴《しょうばん》*19をした。当時はまだ、取食《とりば》み*20の習慣がなくて、残肴は、その家の侍が一堂に集まって、食《く》うことになっていたからである。もっとも、大饗に等しいといっても昔のことだから、品数《しなかず》の多いわりにろくな物はない、餅《もち》、伏菟《ふと》*21、蒸鮑《むしあわび》、干鳥《ほしどり》、宇治《うじ》の氷魚《ひうお》、近江《おうみ》の鮒《ふな》、鯛《たい》の楚割《すわり》*22、鮭の内《こご》子《もり》*23、焼蛸《やきだこ》、大海老《おおえび》、大柑子《おおこうじ》、小《こ》柑子《こうじ》、橘《たちばな》*24、串柿《くしがき》などの類《たぐい》である。ただ、その中に、例の芋粥《いもがゆ》があった。五位は毎年、この芋粥を楽しみにしている。が、いつも人数が多いので、自分が飲めるのは、いくらもない。それが今年は、特に、少なかった。そうして気のせいか、いつもより、よほど味がいい。そこで、彼は飲んでしまった後の椀《わん》をしげしげと眺《なが》めながら、うすい口髭《くちひげ》についている滴《しずく》を、掌《てのひら》で拭《ふ》いて誰にいうともなく、「いつになったら、これに飽《あ》けることかのう」と、こういった。

「大夫殿《たゆうどの》は、芋粥《いもがゆ》に飽《あ》かれたことがないそうな。」

五位の語《ことば》がおわらないうちに、誰かが、嘲笑《あざわら》った。錆《さび》のある、鷹揚《おうよう》な、武人《ぶじん》らしい声である。五位は、猫背《ねこぜ》の首を挙《あ》げて、臆病《おくびょう》らしく、その人の方を見た。声の主《ぬし》は、そのころ、同じ基経の恪勤《かくごん》*25になっていた、民部卿時長《みんぶきょうときなが》の子藤原利仁《ふじわらのとしひと》である。肩幅《かたはば》の広い、身長《みのたけ》の群《ぐん》を抜いた逞《たくま》しい大男で、これは、煠栗《ゆでぐり》を噛《か》みながら、黒酒《くろき》*26の杯《さかずき》を重ねていた。もうだいぶ酔《よい》がまわっているらしい。

「お気の毒なことじゃ。」利仁は、五位が顔を挙《あ》げたのを見ると、軽蔑《けいべつ》と憐憫《れんびん》とを一つにしたような声で、語《ことば》を継《つ》いだ。「お望みなら、利仁がお飽《あ》かせ申そう。」

始終《しじゅう》、いじめられている犬は、たまに肉を貰《もら》っても容易《ようい》によりつかない。五位は、例の笑うのか、泣くのか、わからないような笑顔《えがお》をして、利仁の顔と、空《から》の椀《わん》とを、等分《とうぶん》に見比べていた。

「おいやかな。」

「……………」

「どうじゃ。」

「……………」

五位は、そのうちに、衆人《しゅうじん》の視線が、自分の上に、集まっているのを感じ出した。答え方一つで、また、一同の嘲弄《ちょうろう》を、受けなければならない。あるいは、どう答えても、結局、莫迦《ばか》にされそうな気さえする。彼は躊躇《ちゅうちょ》した。もし、その時に、相手が、少し面倒臭《めんどうくさ》そうな声で、「おいやなら、たってとは申すまい」といわなかったなら、五位は、いつまでも、椀《わん》と利仁とを、見比べていたことであろう。

彼は、それを聞くと、慌《あわただ》しく答えた。

「いや……かたじけのうござる。」

この問答《もんどう》を聞いていた者は、皆《みな》、一時に、失笑《しっしょう》した。「いや、かたじけのうござる。」――こういって、五位の答えを、真似《まね》る者さえある。いわゆる、橙黄橘紅《とうこうきっこう》*27を盛《も》った窪坏《くぼつき》や高坏《たかつき》*28の上に多くの揉烏帽子《もみえぼし》や立烏帽子《たてえぼし》が、笑い声とともにひとしきり、波のように動いた。中でも、最も、大きな声で、機嫌《きげん》よく、笑ったのは、利仁自身である。「では、そのうちに、お誘《さそ》い申そう。」そういいながら、彼は、ちょいと顔をしかめた。こみ上げて来る笑いと今、飲んだ酒とが、喉《のど》で一つになったからである。「……しかと、よろしいな。」

「かたじけのうござる。」

五位は赤くなって、どもりながら、また、前の答えを繰《く》り返した。一同が今度《こんど》も、笑ったのは、いうまでもない。それがいわせたさに、わざわざ念を押した当の利仁にいたっては、前よりもいっそう可笑《おか》しそうに広い肩をゆすって、哄笑《こうしょう》した。この朔北《さくほく》*29の野人《やじん》は、生活の方法を二つしか心得《こころえ》ていない。一つは酒を飲むことで、他の一つは笑うことである。

しかし幸《さいわ》いに談話《だんわ》の中心は、ほどなく、この二人を離《はな》れてしまった。これは事によると、ほかの連中《れんちゅう》が、たとい嘲弄《ちょうろう》にしろ、一同の注意をこの赤鼻《あかはな》の五位に集中させるのが、不快だったからかも知れない。とにかく、談柄《だんぺい》はそれからそれへと移って、酒も肴《さかな》も残少《のこりずく》になった時分には、某《なにがし》という侍 学生《さむらいがくしょう》が、行縢《むかばき》の片皮《かたかわ》*30へ、両足を入れて馬に乗ろうとした話が、一座の興味《きょうみ》を集めていた。が、五位だけは、まるでほかの話が聞こえないらしい。おそらく芋粥《いもがゆ》の二字が、彼のすべての思量《しりょう》を支配しているからであろう。前に雉子《きじ》の炙《や》いたのがあっても、箸《はし》をつけない。黒酒《くろき》の杯《さかずき》があっても、口を触《ふ》れない。彼は、ただ、両手を膝《ひざ》の上に置いて、見合いをする娘のように、霜《しも》に犯《おか》されかかった鬢《びん》の辺《あた》りまで、初心《うぶ》らしく上《じょう》気《き》しながら、いつまでも空《から》になった黒塗《くろぬり》の椀《わん》を見つめて、たわいもなく、微笑《びしょう》しているのである。……

それから、四、五日たった日の午前、加茂川《かもがわ》の河原《かわら》に沿って、粟田口《あわたぐち》へ通う街道《かいどう》を、静かに馬を進めてゆく二人の男があった。一人は、濃《こ》い縹《はなだ》*31の狩衣《かりぎぬ》に同じ色の袴《はかま》をして、打出《うちだし》の太刀《たち》を佩《は》いた、「鬚黒《ひげくろ》く鬢《びん》ぐきよき」*32男である。もう一人は、みすぼらしい青鈍《あおにび》の水干《すいかん》に、薄綿《うすわた》の衣《きぬ》を二つばかり重ねて着た、四十恰好《しじゅうかっこう》の侍《さむらい》で、これは、帯のむすび方のだらしのない容子《ようす》といい、赤鼻《あかはな》でしかも穴のあたりが、洟《はな》にぬれている容子といい、身のまわり万端《ばんたん》のみすぼらしいこと夥《おびただ》しい。もっとも、馬は二人とも、前のは月毛《つきげ》、後のは蘆毛《あしげ》*33の三《さん》歳駒《さいごま》で、道をゆく物売りや侍も、振り向いて見るほどの駿足《しゅんそく》である。その後からまた二人、馬の歩《あゆ》みに遅れまいとしてついて行くのは、調度掛《ちょうどがけ》と舎人《とねり》*34とに相違《そうい》ない。——これが、利《とし》

仁と五位との一行であることは、わざわざ、ここに断るまでもない話であろう。

冬とはいいながら、物静かに晴れた日で、白《しら》けた河原《かわら》の石の間、潺湲《せんかん》たる*35水の辺《ほとり》に立枯《たちが》れている蓬《よもぎ》の葉を、ゆするほどの風もない。川に臨《のぞ》んだ背の低い柳《やなぎ》は、葉のない枝に飴《あめ》のごとく、滑《なめ》らかな日の光をうけて、梢《こずえ》にいる鶺鴒《せきれい》の尾を動かすのさえ、鮮《あざ》やかにそれと、影《かげ》を街道《かいどう》に落としている。東山《ひがしやま》の暗い緑の上に、霜《しも》に焦《こ》げた天鵞絨《びろうど》のような肩を、丸々と出しているのは、大方《おおかた》、比叡《ひえい》の山であろう。二人はその中に鞍《くら》の螺鈿《らでん》を、まばゆく日にきらめかせながら鞭《むち》をも加えず悠々《ゆうゆう》と、粟田口《あわたぐち》を指《さ》して行くのである。

「どこでござるかな、手前《てまえ》をつれて行って、やろうとおおせられるのは。」五位が馴《な》れない手に手綱《たづな》をかいくりながら、いった。

「すぐ、そこじゃ。お案《あん》じになるほど遠《とお》うはない。」

「すると、粟田口辺《あわたぐちへん》でござるかな。」

「まず、そう思われたがよろしかろう。」

利仁は今朝《けさ》五位を誘《さそ》うのに、東山の近くに湯の湧《わ》いている所があるから、そこへ行こうといって出て来たのである。赤鼻《あかはな》の五位は、それを真《ま》にうけた。久《ひさ》しく湯にはいらないので、体じゅうがこの間からむず痒《がゆ》い。芋粥《いもがゆ》の馳走《ちそう》になった上に、入湯《にゅうとう》が出来れば、願ってもない仕合《しあわ》せである。こう思って、あらかじめ利仁が牽《ひ》かせて来た、蘆毛《あしげ》の馬に跨《また》がった。

ところが、轡《くつわ》を並《なら》べてここまで来てみると、どうも利仁はこの近所へ来るつもりではないらしい。現にそうこうしているうちに、粟田《あわた》口《ぐち》は通りすぎた。

「粟田口ではござらぬのう。」

「いかにも、もそっと、あなた[*36]でな。」

利仁は、微笑《びしょう》を含《ふく》みながら、わざと、五位の顔を見ないようにして、静かに馬を歩《あゆ》ませている。両側の人家《じんか》は、しだいに稀《まれ》になって、今は、広々《ひろびろ》とした冬田《ふゆた》の上に、餌《え》をあさる鴉《からす》が見えるばかり、山の陰《かげ》に消え残って雪の色も、仄《ほの》かに青く煙《けむ》っている。晴れながら、とげとげしい櫨《はじ》の梢《こずえ》が、眼《め》に痛く空を刺しているのさえ、何となく肌寒《はださむ》い。

「では、山科辺《やましなへん》ででもござるかな。」

「山科は、これじゃ。もそっと、さきでござるよ。」

なるほど、そういううちに、山科も通りすぎた。それどころではない。何かとするうちに、関山《せきやま》も後にして、かれこれ、午《ひる》少しすぎた時分には、とうとう三井寺《みいでら》の前へ来た。三井寺には、利仁の懇意《こんい》にしている僧がある。二人はその僧を訪ねて、午餐《ひるげ》の馳走《ちそう》になった。それがすむと、また、馬に乗って、途《みち》を急ぐ。行手《ゆくて》は今まで来た路《みち》に比べると遥《はる》かに人煙《じんえん》が少ない。殊《こと》に当時は盗賊《とうぞく》が四方に横行《おうこう》した、物騒《ぶっそう》な時代である。――五位は猫背《ねこぜ》をいっそう低くしながら、利仁の顔を見上げるようにして訊《たず》ねた。

「まだ、さきでござるのう。」

利仁は微笑《びしょう》した。悪戯《いたずら》をして、それを見つけられそうになった小供《こども》が、年長者に向かってするような微笑である、鼻の先へよせた皺《しわ》と、眼尻《めじり》にたたえた筋肉のたるみとが、笑ってしまおうか、しまうまいかとためらっているらしい。そうして、とうとう、こういった。

「実はな、敦賀《つるが》まで、お連れ申そうと思うたのじゃ。」笑いながら、利仁は鞭《むち》を挙《あ》げて遠くの空を指《ゆび》さした。その鞭の下には、的皪《てきれき》*37として、午後の日を受けた近江《おうみ》の湖《みずうみ》*38が光っている。

五位は、狼狽《ろうばい》した。

「敦賀《つるが》と申すと、あの越前《えちぜん》の敦賀でござるかな。あの越前の――」

利仁が、敦賀の人、藤原有仁《ふじわらのありひと》の女婿《じょせい》になってから、多くは敦賀に住んでいるということも、日ごろから聞いていないことはない。が、その敦賀まで自分をつれて行く気だろうとは、今の今まで思わなかった。第一、幾多《いくた》の山河《さんが》を隔《へだ》てている越前《えちぜん》の国へ、この通り、僅《わず》か二人の伴人《ともびと》をつれただけで、どうして無事《ぶじ》に行かれよう。ましてこのごろは、往来《ゆきき》の旅人《びと》が、盗賊《とうぞく》のために殺されたという噂《うわさ》さえ、諸方《しょほう》にある。――五位は歎願《たんがん》するように、利仁の顔を見た。

「それはまた、滅相《めっそう》な、東山《ひがしやま》じゃと心得《こころえ》れば、山科《やましな》。山科じゃと心得れば、三井寺《みいでら》。揚句《あげく》が越前《えちぜん》の敦賀《つるが》とは、いったいどうしたということでござる。始めから、そうおおせられりょうなら、下人《げにん》どもなりと、召《め》しつれようものを。——敦賀とは、滅相な。」

五位は、ほとんどべそをかかないばかりになって、呟《つぶや》いた。もし「芋粥《いもがゆ》に飽《あ》かん」ことが、彼の勇気《ゆうき》を鼓舞《こぶ》しなかったとしたら、彼はおそらく、そこから別れて、京都へ独《ひと》り帰って来たことであろう。

「利仁が一人おるのは、千人ともお思いなされ。路次《ろじ》の心配は、ご無用じゃ。」

五位の狼狽《ろうばい》するのを見ると、利仁は、少し眉《まゆ》を顰《ひそ》めながら、嘲笑《あざわら》った。そうして調度掛《ちょうどがけ》を呼び寄せて、持たせて来た壺胡簶《つぼやなぐい》*39を背に負《お》うと、やはり、その手から、黒漆《こくしつ》の真弓《まゆみ》をうけ取って、それを鞍上《あんじょう》に横たえながら、先に立って、馬を進めた。こうなる以上、意気地《いくじ》のない五位は、利仁の意志に盲従《もうじゅう》するよりほかにしかたがない。それで、彼は心細《こころぼそ》そうに、荒涼《こうりょう》とした周囲の原野《げんや》を眺《なが》めながら、うろ覚えの観音経《かんのんぎょう》を口の中に念《ねん》じ念じ、例の赤鼻《あかはな》を鞍《くら》の前輪《まえわ》にすりつけるようにして、覚束《おぼつか》ない馬の歩《あゆ》みを、あいかわらずとぼとぼと進めて行った。

馬蹄《ばてい》の反響《はんきょう》する野は、茫々《ぼうぼう》たる黄茅《こうぼう》*40に蔽《おお》われて、そのところどころにある行潦《みずたまり》も、つめたく、青空を映《うつ》したまま、この冬の午後を、いつかそれなり凍《こお》ってしまうかと疑《うたが》われる。その涯《はて》には、一帯《いったい》の山脈が、日に背《そむ》いているせいか、かがやくべき残雪《ざんせつ》の光もなく、紫《むらさき》がかった暗い色を、長々《ながなが》となすっているが、それさえ蕭条《しょうじょう》たる幾叢《いくむら》の枯薄《かれすすき》に遮《さえぎ》られて、二人の従者《じゅうしゃ》の眼《め》には、はいらないことが多い。——すると、利仁が、突然、五位の方をふりむいて、声をかけた。

「あれに、よい使者《ししゃ》がまいった。敦賀《つるが》への言《こと》づけを申そう。」

五位は利仁のいう意味が、よくわからないので、怖々《こわごわ》ながら、その弓《ゆみ》で指《ゆび》さす方を、眺《なが》めて見た。もとより人の姿が見えるような所ではない。ただ、野葡萄《のぶどう》か何かの蔓《つる》が、灌木《かんぼく》の一《ひと》むらにからみついている中を、一疋《いっぴき》の狐《きつね》が、暖かな毛の色を、傾《かたむ》きかけた日に曝《さら》しながら、のそりのそり歩いて行く。——と思ううちに、狐は、慌《あわただ》しく身を跳《おど》らせて、一散《いっさん》に、どこともなく走り出した。利仁が急に、鞭《むち》を鳴らせて、その方へ馬を飛ばし始めたからである。五位も、われを忘れて、利仁の後を、逐《お》った。従者《じゅうしゃ》ももちろん、遅れてはいられない。しばらくは、石を蹴《け》る馬蹄《ばてい》の音が、戞々《かつかつ》として、曠野《こうや》の静けさを破《やぶ》っていたが、やがて利仁が、馬を止めたのを見ると、いつ、捕《とら》えたのか、もう狐の後足を掴《つか》んで、さかさまに、鞍《くら》の側《わき》へ、ぶら下げている。狐が、走れなくなるまで、追いつめた所で、それを馬の下に敷《し》いて、手取《てど》りにしたものであろう。五位は、うすい髭《ひげ》にたまる汗を、慌しく拭《ふ》きながら、ようやく、その傍《かたわら》へ馬を乗りつけた。

「これ、狐《きつね》、よう聞けよ。」利仁は、狐を高く眼《め》の前へつるし上げながら、わざと物々《ものもの》しい声を出してこういった。「その方《ほう》、今夜《こんや》のうちに、敦賀《つるが》の利仁が館《やかた》へまいって、こう申せ。『利仁は、ただ今俄《にわ》かに客人《きやくじん》を具《ぐ》して下《くだ》ろうとするところじゃ。明日《みようにち》、巳時《みのとき》ごろ*41、高《たか》島《しま》の辺《ほとり》まで、男たちを迎《むか》いに遣《つか》わし、それに、鞍置馬《くらおきうまに》二疋《ひき》、牽《ひ》かせてまいれ。』よいか忘れるなよ。」

いいおわるとともに、利仁は、一ふり振って狐《きつね》を、遠くの叢《くさむら》の中へ、抛《ほう》り出した。

「いや、走るわ。走るわ。」

やっと、追いついた二人の従者《じゆうしや》は、逃げてゆく狐の行方《ゆくえ》を眺《なが》めながら、手を拍《う》って囃《はや》し立てた。落葉《おちば》のような色をしたその獣《けもの》の背は、夕日の中を、まっしぐらに、木の根石くれの嫌《きら》いなく、どこまでも、走って行く。それが一行《いつこう》の立っている所から、手にとるようによく見えた。狐を追っているうちに、いつか彼らは、曠野《ひろの》が緩《ゆる》い斜面《しやめん》を作って、水の涸《か》れた川床《かわどこ》と一つになる、そのちょうど上の所へ、出ていたからである。

「広量《こうりよう》*42の御使《おつかい》でござるのう。」

五位は、ナイイヴな尊敬《そんけい》と讃嘆《さんたん》とを洩《も》らしながら、この狐《きつね》さえ頤使《いし》する野育《のそだ》ち*43の武人《ぶじん》の顔を、今さらのように、仰《あお》いで見た。自分と利仁との間に、どれほどの懸隔《けんかく》があるか、そんなことは、考える暇《いとま》がない。ただ、利仁の意志に、支配される範囲《はんい》が広いだけに、その意志の中に包容《ほうよう》される自分の意志も、それだけ自由が利《き》くようになったことを、心強く感じるだけである。――阿諛《あゆ》は、おそらく、こういう時に、もっとも自然に生まれて来るものであろう。読者は、今後《こんご》、赤鼻《あかはな》の五位の態度に、幇間《ほうかん》のような何物かを見出《みいだ》しても、それだけでみだりにこの男の人格《じんかく》を、疑《うたが》うべきではない。

抛《ほう》り出された狐《きつね》は、なぞえの斜面《*44しやめん》を、転《ころ》げるようにして、駈《か》け下りると、水のない河床《かわどこ》の石の間を、器用《きよう》に、ぴょいぴょい、飛び越えて、今度《こんど》は、向こうの斜面へ、勢《いきお》いよく、すじかいに駈け上った。駈け上りながら、ふりかえって見ると、自分を手捕《てど》りにした侍《さむらい》の一行《いっこう》は、まだ遠い傾斜《けいしゃ》の上に馬を並《なら》べて立っている。それが皆《みな》、指を揃《そろ》えたほどに、小さく見えた。殊《こと》に入日《いりひ》を浴《あ》びた、月毛《つきげ》と蘆毛《あしげ》とが、霜《しも》を含《ふく》んだ空気の中に、描《えが》いたよりもくっきりと、浮き上がっている。

狐《きつね》は、頭をめぐらすと、また枯薄《かれすすき》の中を、風のように走り出した。

一行《いっこう》は、予定通り翌日の巳時《みのとき》ばかりに、高島《たかしま》の辺《ほとり》へ来た。ここは琵琶湖《びわこ》に臨《のぞ》んだ、ささやかな部落で、昨日に似ず、どんよりと曇《くも》った空の下に、幾戸《いくと》の藁屋《わらや》が、疎《まば》らにちらばっているばかり、岸に生《は》えた松《まつ》の樹《こ》の間《ま》には、灰色の漣漪《さざなみ》をよせる湖《みずうみ》の水面《みなも》が、磨《と》ぐのを忘れた鏡《かがみ》のように、さむざむと開《ひら》けている。――ここまで来ると利仁《としひと》が、五位《ごい》を顧《かえり》みていっ

た。

「あれを御覧《ごろう》じろ。男どもが、迎《むか》いにまいったげでござる。」

見ると、なるほど、二疋《にひき》の鞍置馬《くらおきうま》を牽《ひ》いた、二、三十人の男たちが、馬に跨《また》がったのもあり徒歩《かち》のもあり、皆水干《みなすいかん》の袖《そで》を寒風《かんぷう》に翻《ひるがえ》して、湖《みずうみ》の岸、松《まつ》の間を、一行《いっこう》の方へ急いで来る。やがてこれが、間近《まぢか》くなったと思うと、馬に乗っていた連中《れんちゅう》は、慌《あわただ》しく鞍《くら》を下り、徒《か》歩《ち》の連中は、路傍《みちばた》に蹲踞《そんきょ》*45して、いずれもうやうやしく、利仁の来るのを、待ちうけた。

「やはり、あの狐《きつね》が、使者《ししゃ》を勤《つと》めたと見えますのう。」

「生得《しょうとく》、変化《へんげ》ある獣《けもの》じゃて、あのくらいの用を勤めるのは、何でもござらぬ。」

五位と利仁とが、こんな話をしているうちに、一行《いっこう》は、郎等《ろうとう》たちの待っている所へ来た。

「大儀《たいぎ》じゃ。」と、利仁が声をかける。蹲踞《そんきょ》していた連中《れんちゅう》が、忙《せわ》しく立って、二人の馬の口を取る。急に、すべてが陽気になった。

「夜前《やぜん》、稀有《けう》なことが、ございましてな。」

二人が、馬から下りて、敷皮《しきがわ》の上へ、腰を下ろすか下ろさないうちに、檜《ひ》皮色《わだいろ》*46の水干《すいかん》を着た、白髪《はくはつ》の郎等《ろうとう》が、利仁の前へ来て、こういった。

「何じゃ。」利仁は、郎等たちの持って来た篠枝《ささえ》や破籠《わりご》*47を、五位にも勧《すす》めながら、鷹揚《おうよう》に問いかけた。

「されば、でございまする。夜前《やぜん》、戌時《いぬのとき》＊48ばかりに、奥方《おくがた》が俄《にわ》かに、人心地《ひとごこち》をお失いなされましてな。『おのれは、阪本《さかもと》の狐《きつね》じゃ。今日《きょう》、殿《との》のおせられたことを、言伝《ことづ》てしょうほどに、近《ちこ》うよって、よう聞きやれ。』と、こうおっしゃるのでございまする。さて、一同がお前にまいりますると、奥方のおおせられまするには、『殿はただ今俄かに客人《きゃくじん》を具《ぐ》して、下《くだ》られようとするところじゃ。明日巳時《みようにちみのとき》ごろ、高島《たかしま》の辺《ほとり》まで、男どもを迎《むか》いに遣《つか》わし、それに鞍置馬《くらおきうまに》二疋《ひき》牽《ひ》かせてまいれ。』と、こう御意《ぎょい》あそばすのでございまする。」

「それは、また、稀有《けう》なことでござるのう。」五位は利仁の顔と、郎等《ろうとう》の顔とを、仔細《しさい》らしく見比べながら、両方に満足を与えるような、相槌《あいづち》を打った。

「それもただ、おおせられるのではございませぬ。さも、恐ろしそうに、わなわなとお震《ふる》えになりましてな、『遅れまいぞ。遅れれば、おのれが、殿《との》のご勘当《かんどう》をうけねばならぬ。』と、しっきりなしに、お泣きになるのでございまする。」

「して、それから、いかがした。」

「それから、たわいなく、お休みになりましてな。手前《てまえ》どもの出てまいりまする時にも、まだ、お眼覚《めざ》めにはならぬようで、ございました。」

「いかがでござるな。」郎等《ろうとう》の話を聞きおわると、利仁は五位を見て、得意《とくい》らしくいった。

「利仁には、獣《けもの》も使われ申すわ。」

「何とも驚《おどろ》き入《い》るほかは、ござらぬのう。」五位は、赤鼻《あかはな》を掻《か》きながら、ちょいと、頭を下げて、それから、わざとらしく、呆《あき》れたように、口を開《あ》いて見せた。口髭《くちひげ》には今、飲んだ酒が、滴《しずく》になって、くっついている。

その日の夜《よ》のことである。五位《ごい》は、利仁《としひと》の館《やかた》の一間《ひとま》に、切灯台《きりとうだい》*49の灯《ひ》を眺《なが》めるともなく、眺めながら、寝つかれない長《なが》の夜をまじまじして、明《あか》していた。すると、夕方、ここへ着くまで、利仁や利仁の従者《じゅうしゃ》と、談笑《だんしょう》しながら、越えて来た松山《まつやま》、小川《おがわ》、枯野《かれの》、あるいは、草、木《こ》の葉《は》、石、野火《のび》の煙《けむり》のにおい——そういうものが、一つずつ、五位の心に、浮かんで来た。殊《こと》に、雀色時《すずめいろどき》*50の靄《もや》の中を、やっと、この館へ辿《たど》りついて、長櫃《ながびつ》*51におこしてある、炭火《すみび》の赤い焔《ほのお》を見た時の、ほっとした心もち、——それも、今こうして、寝ていると、遠い昔にあったこととしか、思われない。五位は綿《わた》の四、五寸もはいった、黄いろい直垂《ひたたれ》*52の下に、楽々《らくらく》と、足をのばしながら、ぼんやり、われとわが寝姿《ねすがた》を見廻《みまわ》した。

直垂《ひたたれ》の下に利仁が貸《か》してくれた、練色《ねりいろ》の衣《きぬ》*53の綿厚《わたあつ》なのを、二枚まで重ねて、着こんでいる。それだけでも、どうかすると、汗が出かねないほど、暖かい。そこへ、夕飯《ゆうめし》の時に一杯《いっぱい》やった、酒の酔《よい》が手伝っている。枕元《まくらもと》の蔀《しとみ》一つ隔《へだ》てた向こうは、霜《しも》の冴《さ》えた広庭《ひろにわ》だが、それも、こう陶然《とうぜん》としていれば、少しも苦《く》にならない。万事《ばんじ》が、京都の自分の曹司《ぞうし》*54にいた時と比べれば、雲泥《うんでい》の相違《そうい》である。が、それにもかかわらず、わが五位の心には、何となく釣合《つりあい》のとれない不安があった。第一、時間のたって行くのが、待ち遠《どお》い。しかもそれと同時に、夜の明けるということが、——芋粥《いもがゆ》を食《く》う時になるということが、そう早く、来てはならないような心もちがする。そうしてまた、この矛盾《むじゅん》した二つの感情が、互いに剋《こく》し合う後ろには、境遇《きょうぐう》の急激《きゅうげき》な変化から来る、落ち着かない気分が、今日《きょう》の天気のように、うすら寒《さむ》く控《ひか》えている。それが、皆《みな》、邪魔《じゃま》になって、せっかくの暖かさも、容易《ようい》に、眠りを誘《さそ》いそうもない。

すると、外の広庭《ひろにわ》で、誰《たれ》か、大きな声を出しているのが、耳にはいった。声がらでは、どうも、今日《きょう》、途中《とちゅう》まで迎《むか》えに出た、白髪《はくはつ》の郎等《ろうとう》が何か告《ふ》れているらしい。その乾《ひ》からびた声が、霜《しも》に響《ひび》くせいか凛々《りんりん》として凩《こがらし》のように、一語ずつ五位の骨に、応《こた》えるような気さえする。

「このあたりの下人《げにん》、承《うけたま》われ。殿《との》の御意《ぎょい》あそばさるるには、明朝《みょうちょう》、卯時《うのとき》*55までに、切口《きりくち》三寸《すん》、長さ五尺《しゃく》の山の芋《いも》を、おのおの、一筋《ひとすじ》ずつ、持ってまいるようにとある。忘れまいぞ、卯時までにじゃ。」

それが、二、三度、繰《く》り返されたかと思うと、やがて、人のけはいがやんで、あたりはたちまち元のように、静かな冬の夜になった。その静かな中に、切灯台《きりとうだい》の油が鳴る。赤い真綿《まわた》のような火が、ゆらゆらする。五位は欠伸《あくび》を一つ、噛《か》みつぶして、また、とりとめのない、思量《しりょう》に耽《ふけ》り出した、――山の芋《いも》というからには、もちろん芋粥《いもがゆ》にする気で、持って来させるのに相違《そうい》ない。そう思うと、一時、外に注意を集中したおかげで忘れていた、さっきの不安が、いつのまにか、心に帰って来る。殊《こと》に、前よりも、いっそう強くなったのは、あまり早く芋粥にありつきたくないという心もちで、それが意地悪《いじわる》く、思量の中心を離《はな》れない。どうもこう容易《ようい》に「芋粥に飽《あ》かん」ことが、事実となって現れては、せっかく今まで、何年となく、辛抱《しんぼう》して待っていたのが、いかにも、無駄《むだ》な骨折りのように、見えてしまう。出来ることなら、何か突然故障《こしょう》が起こって、いったん、芋粥が飲めなくなってから、また、その故障がなくなって、今度《こんど》は、やっとこれにありつけるというような、そんな手続きに、万事《ばんじ》を運ばせたい。――こんな考えが、「こまつぶり」のように、ぐるぐる一つ所を廻《まわ》っているうちに、いつか、五位は、旅の疲れで、ぐっすり、熟睡《じゅくすい》してしまった。

あくる朝、眼《め》がさめると、すぐに、昨夜《ゆうべ》の山の芋《いも》の一件が、気になるので、五位は、何よりも先に部屋《へや》の蔀《しとみ》をあげて見た。すると、知らないうちに、寝すごして、もう卯時《うのとき》をすぎていたのであろう。広庭《ひろにわ》へ敷《し》いた、四、五枚の長筵《ながむしろ》の上には、丸太《まるた》のような物が、およそ、二、三千本、斜《なな》めにつき出した、檜皮葺《ひわだぶき》の軒先《のきさき》へつかえるほど、山のように、積んである。見るとそれが、ことごとく、切口《きりくち》三寸《すん》、長さ五尺《しゃく》の途方《とほう》もなく大きい、山の芋であった。

五位は、寝起きの眼《め》をこすりながら、ほとんど周章《しゅうしょう》に近い驚愕《きょうがく》に襲《おそ》われて、呆然《ぼうぜん》と、周囲を見廻《みまわ》した。広庭《ひろにわ》のところどころには、新しく打ったらしい杭《くい》の上に五斛納釜《ごくのうがま》*56を五つ六つ、かけ連《つら》ねて、白い布の襖《あお》*57を着た若い下司女《げすおんな》が、何十人となく、そのまわりに動いている。火を焚《た》きつけるもの、灰を掻《か》くもの、あるいは、新しい白木《しらき》の桶《おけ》に、「あまずらみせん」*58を汲《く》んで釜《かま》の中へ入れるもの、皆芋粥《いもがゆ》をつくる準備で、眼のまわるほど、忙《いそが》しい。釜の下から上る煙《けむり》と、釜の中から湧《わ》く湯気《ゆげ》とが、まだ消え残っている明方《あけがた》の靄《もや》と一つになって、広庭一面、はっきり物も見定められないほど、灰色のものが罩《こ》めた中で、赤いのは、烈々《れつれつ》と燃え上がる釜の下の焔《ほのお》ばかり、眼に見るもの、耳に聞くものことごとく、戦場か火《か》事場《じば》へでも行ったような騒《さわ》ぎである。五位は、今さらのように、この巨大な山の芋が、この巨大な五斛納釜《ごくのうがま》の中で、芋粥になることを考えた。そうして、自分が、その芋粥を食《く》うために京都から、わざわざ、越前《えちぜん》の敦賀《つるが》まで旅をして来たことを考えた。考えれば考えるほど、何一つ、情《なさ》けなくならないものはない。わが五位の同情すべき食欲は、実に、この時もう、一半《いっぱん》を減却《げんきゃく》してしまったのである。

それから、一時間の後《のち》、五位は利仁や舅《しゅうと》の有仁《ありひと》と共に、朝飯《あさめし》の膳《ぜん》に向かった。前にあるのは、銀《しろかね》の提《ひさげ》の一斗《と》*59ばかりはいるのに、なみなみと海のごとくたたえた、恐るべき芋粥《いもがゆ》である。五位はさっき、あの軒《のき》まで積み上げた山の芋《いも》を、何十人かの若い男が、薄刃《うすば》を器用《きよう》に動かしながら、片端《かたっぱし》から削《けず》るように、勢《いきお》いよく切るのを見た。それからそれを、あの下《げ》司女《すおんな》たちが、右往左往《うおうさおう》に馳《は》せちがって、一つのこらず、五斛納釜《ごくのうがま》へすくっては入れ、すくっては入れするのを見た。最後に、その山の芋が、一つも長筵《ながむしろ》の上に見えなくなった時に、芋のにおいと、甘葛《あまずら》のにおいとを含《ふく》んだ、幾道《いくどう》かの湯気《ゆげ》の柱が、蓬々然《ほうほうぜん》*60として、釜《かま》の中から、晴れた朝の空へ、舞《ま》い上がって行くのを見た。これを、目《ま》のあたりに見た彼が、今、提《ひさげ》に入れた芋粥に対した時、まだ、口をつけないうちから、すでに、満腹《まんぷく》を感じたのは、おそらく、無理もない次第《しだい》であろう。――五位は、提《ひさげ》を前にして、間《ま》の悪そうに、額《ひたい》の汗を拭《ふ》いた。

「芋粥《いもがゆ》に飽《あ》かれたことが、ござらぬげな。どうぞ、遠慮《えんりょ》なく召《め》し上がってくだされ。」

舅《しゅうと》の有仁は、童児《どうじ》たちにいいつけて、さらにいくつかの銀《しろかね》の提《ひさげ》を膳《ぜん》の上に並べさせた。中にはどれも芋粥が、溢《あふ》れんばかりにはいっている。五位は眼《め》をつぶって、ただでさえ赤い鼻を、いっそう赤くしながら、提《ひさげ》に半分ばかりの芋粥を大きな土器《かわらけ》にすくって、いやいやながら飲み干《ほ》した。

「父も、そう申すじゃて。平《ひら》に、遠慮《えんりょ》はご無用じゃ。」

利仁も側《そば》から、新《あら》たな提《ひさげ》をすすめて、意地悪《いじわる》く笑いながらこんなことをいう。弱ったのは五位である。遠慮《えんりょ》のないところをいえば、始めから芋粥《いもがゆ》は、一椀《ひとわん》も吸いたくない。それを今、我慢《がまん》して、やっと、提《ひさげ》に半分だけ平《たい》らげた。これ以上、飲めば、喉《のど》を越さないうちにもどしてしまう、そうかといって、飲まなければ、利仁や有仁の厚意《こうい》を無《む》にするのも、同じである。そこで、彼はまた眼《め》をつぶって、残りの半分を三分の一ほど飲み干《ほ》した。もう後は一口も吸いようがない。

「なんとも、かたじけのうござった。もう十分頂戴《じゅうぶんちょうだい》いたしたて。――いやはや、なんともかたじけのうござった。」

五位は、しどろもどろになって、こういった。よほど弱ったと見えて、口髭《くちひげ》にも、鼻の先にも、冬とは思われないほど、汗が玉になって、垂《た》れている。

「これはまた、ご少食《しょうしょく》なことじゃ。客人《きゃくじん》は、遠慮《えんりょ》をされると見えたぞ。それそれその方《ほう》ども、何をいたしておる。」

童児《どうじ》たちは、有仁の語《ことば》につれて、新《あら》たな提《ひさげ》の中から、芋粥《いもがゆ》を、土器《かわらけ》に汲《く》もうとする。五位は、両手を蠅《はえ》でも逐《お》うように動かして、平《ひら》に、辞退《じたい》の意を示した。

「いや、もう、十分《じゅうぶん》でござる。……失礼ながら、十分でござる。」

もし、この時、利仁が、突然、向こうの家の軒《のき》を指《ゆび》さして、「あれを御覧《ごろう》じろ」といわなかったなら、有仁はなお、五位に、芋粥《いもがゆ》をすすめて、やまなかったかも知れない。が、幸《さいわ》いにして、利仁の声は、一同の注意を、その軒の方へ持って行った。檜皮葺《ひわだぶき》の軒には、ちょうど、朝日がさしている。そうして、そのまばゆい光に、光沢《つや》のいい毛皮を洗わせながら、一疋《いっぴき》の獣《けもの》が、おとなしく、坐《すわ》っている。見るとそれは一昨日《おととい》、利仁が枯野《かれの》の路《みち》で手捕《ど》りにした、あの阪本《さかもと》の野狐《のぎつね》であった。

「狐《きつね》も、芋粥《いもがゆ》が欲しさに、見参《けんざん》したそうな。男ども、しゃつにも、物を食《く》わせてつかわせ。」

利仁の命令は、言下《ごんか》に行われた。軒《のき》からとび下りた狐《きつね》は、すぐに広庭《ひろにわ》で芋粥《いもがゆ》の馳走《ちそう》に、与《あずか》ったのである。

五位は、芋粥《いもがゆ》を飲んでいる狐《きつね》を眺《なが》めながら、ここへ来ない前の彼自身を、なつかしく、心の中でふり返った。それは、多くの侍《さむらい》たちに愚弄《ぐろう》されている彼である。京童《きょうわらべ》にさえ「何じゃ。この鼻赤《はなあか》めが」と、罵《ののし》られている彼である。色のさめた水干《すいかん》に、指貫《さしぬき》をつけて、飼《かい》主《ぬし》のないむく犬のように、朱雀大路《すざくおおじ》をうろついて歩く、憐《あわ》れむべき、孤独《こどく》な彼である。しかし、同時にまた、芋粥に飽《あ》きたいという欲望を、ただ一人大事に守っていた、幸福な彼である。——彼は、このうえ芋粥を飲まずにすむという安心とともに、満面《まんめん》の汗がしだいに、鼻の先から、乾《かわ》いてゆくのを感じた。晴れてはいても、敦賀《つるが》の朝は、身にしみるように、風が寒《さむ》い。五位は慌《あわ》てて、鼻をおさえると同時に、銀《しろかね》の提《ひさげ》に向かって大きな嚔《くさめ》をした。

（一九一六年八月）

蜘蛛《くも》の糸《いと》

一

ある日のことでございます。お釈迦《しゃか》さま＊1は極楽《ごくらく》＊2の蓮池《はすいけ》のふちを、独《ひと》りでぶらぶらお歩きになっていらっしゃいました。

池の中に咲いている蓮《はす》の花は、みんな玉のようにまっ白で、そのまん中にある金色《きんいろ》の蕊《ずい》＊3からは、何とも言えない好《よ》い匂《にお》いが、絶え間なくあたりへ溢《あふ》れておりました。

極楽はちょうど朝でございました。

やがてお釈迦さまはその池のふちにお佇《たたず》みになって、水の面《おもて》を蔽《おお》っている蓮《はす》の葉の間から、ふと下の容子《ようす》をご覧《らん》になりました。

この極楽の蓮池《はすいけ》の下は、ちょうど地獄《じごく》＊4の底に当たっておりますから、水晶《すいしょう》のような水を透《す》き徹《とお》して、三途《さんず》の河《かわ》や針《はり》の山の景色《けしき》が、まるで覗《のぞ》き眼鏡《めがね》を見るように、はっきりと見えるのでございます。

するとその地獄の底に、犍陀多《かんだた》という男が一人、ほかの罪人《ざいにん》と一しょにうごめいている姿が、お眼《め》に止まりました。

この犍陀多《かんだた》という男は、人を殺したり、家に火をつけたり、いろいろ悪事《あくじ》を働いた大泥《おおどろ》坊《ぼう》でございますが、それでもたった一つ、善《よ》いことをいたした覚えがございます。と申しますのは、ある時この男が深い林の中を通りますと、小さな蜘蛛《くも》が一匹、路《みち》ばたを這《は》って行くのが見えました。

そこで犍陀多《かんだた》はさっそく足を挙《あ》げて、踏み殺そうといたしましたが、「いや、いや、これも小さいながら、命のあるものに違いない。その命を無暗《むやみ》にとるということは、いくら何でも可哀《かわい》そうだ。」と、こう急に思い返して、とうとうその蜘蛛《くも》を殺さずに助けてやりました。

お釈迦さまは地獄の容子《ようす》をご覧《らん》になりながら、この犍陀多《かんだた》には蜘蛛《くも》を助けたことがあるのをお思い出しになりました。そうしてそれだけの善《よ》いことをした報《むく》いには、出来るならこの男を地獄から救い出してやろうとお考えになりました。幸《さいわ》い、側《そば》をご覧になりますと、翡翠《ひすい》のような色をした蓮《はす》の葉の上に、極楽の蜘蛛《くも》が一匹、美しい銀色の糸をかけておりました。

お釈迦さまはその蜘蛛《くも》の糸を、そっとお手にお取りになりました。そうして、それを、玉のような白蓮《しらはす》の間から、遥《はる》か下にある地獄の底へまっすぐにお下ろしなさいました。

二

こちらは地獄《じごく》の底の血の池で、ほかの罪人《ざいにん》と一しょに浮いたり沈《しず》んだりしていた犍陀多《かんだた》でございます。

なにしろどちらを見てもまっ暗で、たまにそのくら闇《やみ》からぼんやり浮き上がっているものがあると思いますと、それは恐ろしい針《はり》の山の針が光るのでございますから、その心細《こころぼそ》さと言ったらございません。そのうえあたりは墓《はか》の中のようにしんと静まり返っていて、たまに聞こえるものと言っては、ただ、罪人《ざいにん》がつく微《かす》かな嘆息《ためいき》ばかりでございます。これはここへ落ちて来るほどの人間は、もうさまざまな地獄の責苦《せめく》に疲れはてて、泣き声を出す力さえなくなっているのでございました。ですからさすが大泥坊《おおどろぼう》の犍陀多《かんだた》も、やはり血の池の血に咽《むせ》びながら、まるで死にかかった蛙《かわず》のように、ただもがいてばかりおりました。

ところがある時のことでございます。何気《なにげ》なく犍陀多《かんだた》が頭を挙《あ》げて、血の池の空を眺《なが》めますと、そのひっそりとした闇《やみ》の中を、遠い遠い天の上から、銀色の蜘蛛《くも》の糸が、まるで人目にかかるのを恐れるように、一すじ細く光りながら、するすると、自分の上へ垂《た》れてまいるではございませんか。

犍陀多《かんだた》はこれを見ると、思わず手を打って喜びました。この糸に縋《すが》りついて、どこまでものぼって行けば、きっと地獄からぬけ出せるのに相違《そうい》ございません。いや、うまく行くと、極楽《ごくらく》へはいることさえも出来ましょう。そうすれば、もう針《はり》の山へ追い上げられることもなくなれば、血の池に沈《しず》められることもあるはずはございません。

こう思いましたから犍陀多《かんだた》は、さっそくその蜘蛛《くも》の糸を、両手でしっかりと掴《つか》みながら、一生懸命《けんめい》に上へ上へと、たぐりのぼり始めました。

もとより大泥坊《おおどろぼう》のことでございますから、こういうことには、昔から慣《な》れ切っているのでございます。

しかし地獄と極楽との間は、何万里《なんまんり》*5となく隔《へだ》たっているものですから、いくらあせってみたところで、容易《ようい》に上へは出られません。ややしばらくのぼるうちに、とうとう犍陀多《かんだた》もくたびれて、もう一《ひと》たぐりも上の方へは、のぼれなくなってしまいました。

そこでしかたがございませんから、まず一休み休むつもりで、糸の中途《ちゅうと》にぶら下がりながら、遥《はる》かに目の下を見下ろしました。

すると一生懸命《けんめい》にのぼった甲斐《かい》があって、さっきまで自分がいた血の池は、今ではもういつの間にか、暗《やみ》の底にかくれておりました。それからあのぼんやり光っていた恐ろしい針《はり》の山も、足の下になってしまいました。この分《ぶん》でのぼって行けば、地獄からぬけ出すのも、存外《ぞんがい》わけがないかも知れません。

犍陀多《かんだた》は両手を蜘蛛《くも》の糸にからみながら、ここへ来てから何年にも出したことのない声で、

「しめた。しめた。」と笑いました。

ところがふと気がつきますと、蜘蛛《くも》の糸の下の方には、数限《かずかぎ》りもない罪人《ざいにん》たちが、自分ののぼった後をつけて、まるで蟻《あり》の行列のように、やはり上へ上へと一心《いっしん》によじのぼって来るではございませんか。

犍陀多《かんだた》はこれを見ると、驚いたのと恐ろしいのとでしばらくはただ、莫迦《ばか》のように大きな口を開《あ》いたまま、眼《め》ばかり動かしておりました。

自分一人でさえ断《き》れそうな、この細い蜘蛛《くも》の糸が、どうしてあれだけの人数《にんず》の重みに堪《た》えることが出来ましょう。

もし万一、途中《とちゅう》で断《き》れたといたしましたら、せっかくここへまでのぼって来た、この肝《かん》腎《じん》な自分までも、もとの地獄へ逆《さか》おとしに落ちてしまわなければなりません。そんなことがあったら、大変でございます。

が、そういううちにも、罪人《ざいにん》たちは何百となく何千となく、まっ暗な血の池の底から、

うようよと這《は》い上がって、細く光っている蜘蛛《くも》の糸を、一列になりながら、せっせとのぼってまいります。今のうちにどうかしなければ、糸はまん中から二つに断《き》れて、落ちてしまうのに違いありません。

そこで犍陀多《かんだた》は大きな声を出して、

「こら、罪人《ざいにん》ども。この蜘蛛《くも》の糸はおれのものだぞ。お前たちはいったい誰《だれ》の許《ゆる》しを受けて、のぼって来た？　下りろ。下りろ。」と喚《わめ》きました。

その途端《とたん》でございます。

今まで何ともなかった蜘蛛《くも》の糸が、急に犍陀多《かんだた》のぶら下がっているところから、ぷつりと音を立てて断《き》れました。

ですから、犍陀多《かんだた》もたまりません。あっという間もなく、風を切って、独楽《こま》のようにくるくるまわりながら、見る見るうちに暗《やみ》の底へ、まっさかさまに落ちてしまいました。

後にはただ極楽の蜘蛛《くも》の糸が、きらきらと細く光りながら、月も星もない空の中途《ちゅうと》に、短く垂《た》れているばかりでございます。

三

お釈迦《しゃか》さまは極楽《ごくらく》の蓮池《はすいけ》のふちに立って、この一部始終《いちぶしじゅう》をじっと見ていらっしゃいましたが、やがて犍陀多《かんだた》が血の池の底へ石のように沈《しず》んでしまいますと、悲しそうなお顔をなさりながら、またぶらぶらお歩きになり始めました。自分ばかり地獄《じごく》からぬけ出そうとする、犍陀多《かんだた》の無慈悲《むじひ》な心が、そうしてその心相当《そうとう》な罰《ばち》をうけて、もとの地獄へ落ちてしまったのが、お釈迦《しゃか》さまのお目から見ると、浅間《あさま》しく思《おぼ》しめされたのでございましょう。

しかし極楽の蓮池《はすいけ》の蓮《はす》は、少しもそんなことには頓着《とんじゃく》いたしません。その玉のような白い花は、お釈迦さまのお足《みあし》のまわりに、ゆらゆらと萼《うてな》を動かしております。そのたんびに、まん中にある金色の蕊《ずい》からは、何ともいえない好《よ》い匂《にお》いが、絶え間なくあたりに溢《あふ》れ出ます。

極楽ももうお午《ひる》に近くなりました。

（一九一八年四月）

杜《と》子《し》春《しゅん》

一

ある春の日暮《ひぐれ》です。

唐《とう》の都洛陽《みやこらくよう》の西の門の下に、ぼんやり空を仰《あお》いでいる、一人の若者がありました。

若者は名を杜子春《とししゅん》*1といって、もとは金持ちの息子でしたが、今は財産を費《つか》い尽《つ》くして、その日の暮らしにも困《こま》るくらい、憐《あわ》れな身分になっているのです。

なにしろそのころ洛陽《らくよう》といえば、天下に並《なら》ぶもののない、繁昌《はんじょう》を極《きわ》めた都《みやこ》ですから、往《おう》来《らい》にはまだしっきりなく、人や車が通っていました。門一ぱいに当たっている、油のような夕日の光の中に、老人のかぶった紗《しゃ》の帽子《ぼうし》や、土耳古《トルコ》の女の金の耳環《みみわ》や、白馬《しろうま》に飾《かざ》った色糸の手綱《たづな》が、絶えず流れて行く容子《ようす》は、まるで画《え》のような美しさです。

しかし杜子春は相変わらず、門の壁《かべ》に身を凭《もた》せて、ぼんやり空ばかり眺《なが》めていました。空には、もう細い月が、うらうらと靡《なび》いた霞《かすみ》の中に、まるで爪《つめ》の痕《あと》かと思うほど、かすかに白く浮かんでいるのです。

「日は暮れるし、腹は減《へ》るし、そのうえもうどこへ行っても、泊めてくれる所はなさそうだし——こんな思いをして生きているくらいなら、いっそ川へでも身を投げて、死んでしまった方がましかも知れない。」

杜子春はひとりさっきから、こんな取りとめもないことを思いめぐらしていたのです。するとどこからやって来たか、突然彼の前へ足を止めた、片目眇《かためすがめ》の老人があります。それが夕日の光を浴《あ》びて、大きな影《かげ》を門へ落とすと、じっと杜子春の顔を見ながら、

「お前は何を考えているのだ。」と、横柄《おうへい》に言葉をかけました。

「私《わたし》ですか。私は今夜《こんや》寝る所もないので、どうしたものかと考えているのです。」

老人の尋《たず》ね方が急でしたから、杜子春はさすがに眼《め》を伏せて、思わず正直な答えをしました。

「そうか。それは可哀《かわい》そうだな。」

老人はしばらく何事か考えているようでしたが、やがて、往来《おうらい》にさしている夕日の光を指《ゆび》さしながら、

「ではおれがいいことを一つ教えてやろう。今この夕日の中へ立って、お前の影《かげ》が地に映《うつ》ったら、その頭に当たる所を夜中《よなか》に掘ってみるがいい。きっと車に一ぱいの黄金《おうごん》が埋《う》まっているはずだから。」

「ほんとうですか。」

杜子春は驚いて、伏せていた眼《め》を挙《あ》げました。ところがさらに不思議なことには、あの老人はどこへ行ったか、もうあたりにはそれらしい、影《かげ》も形も見当たりません。その代わり空の月の色は、前よりもなお白くなって、休みない往来《おうらい》の人通りの上には、もう気の早い蝙蝠《こうもり》が二、三匹ひらひら舞《ま》っていました。

二

杜子春《とししゅん》は一日のうちに、洛陽《らくよう》の都《みやこ》でもただ一人という大金持ちになりました。あの老人の言葉通り、夕日に影《かげ》を映《うつ》して見て、その頭に当たる所を、夜中《よなか》にそっと掘ってみたら、大きな車にも余《あま》るくらい、黄金《おうごん》が一山《ひとやま》出て来たのです。

大金持ちになった杜子春は、すぐに立派《りっぱ》な家《うち》を買って、玄宗皇帝《げんそうこうてい》[*2]にも負けないくらい、贅沢《ぜいたく》な暮らしをし始めました。蘭陵《らんりょう》[*3]の酒を買わせるやら、桂州《けいしゅう》の竜眼肉《りゅうがんにく》[*4]をとりよせるやら、日に四度《よたび》色の変わる牡丹《ぼたん》を庭《にわ》に植えさせるやら、白孔雀《しろくじゃく》を何羽も放《はな》し飼《が》いにするやら、玉を集めるやら、錦《にしき》を縫《ぬ》わせるやら、香木《こうぼく》の車を造《つく》らせるやら、象牙《ぞうげ》の椅子《いす》を誂《あつら》えるやら、その贅沢をいちいち書いていては、いつになってもこの話がおしまいにならないくらいです。

するとこういう噂《うわさ》を聞いて、今までは路《みち》で行き合っても、挨拶《あいさつ》さえしなかった友だちなどが、朝夕遊びにやって来ました。それも一日ごとに数が増《ま》して、半年ばかり経《た》つうちには、洛陽《らくよう》の都《みやこ》に名を知られた才子《さいし》や美人が多い中で、杜子春の家《うち》へ来ないものは、一人もないくらいになってしまったのです。杜子春はこのお客たちを相手に、毎日酒盛《さかも》りを開きました。その酒盛りのまた盛《さか》んなことは、なかなか口には尽《つ》くされません。ごくかいつまんだだけをお話ししても、杜子春が金の杯《さかずき》に西洋《せいよう》から来た葡萄酒《ぶどうしゅ》を汲《く》んで、天竺《てんじく》生まれの＊5魔《ま》法使《ほうつか》いが刀を呑《の》んで見せる芸に見とれていると、そのまわりには二十人の女たちが、十人は翡翠《ひすい》の蓮《はす》の花を、十人は瑪瑙《めのう》の牡丹《ぼたん》の花を、いずれも髪に飾《かざ》りながら、笛や琴《こと》を節《ふし》おもしろく奏《そう》しているという景色《けしき》なのです。

しかしいくら大金持ちでも、お金には際限《さいげん》がありますから、さすがに贅沢家《ぜいたくか》の杜子春も、一年二年と経《た》つうちには、だんだん貧乏《びんぼう》になりだしました。そうすると人間は薄情《はくじょう》なもので、昨日《きのう》までは毎日来た友だちも、今日《きょう》は門の前を通ってさえ、挨拶《あいさつ》一つして行きません。ましてとうとう三年目の春、また杜子春が以前の通り、一文無《いちもんな》しになってみると、広い洛《らく》陽《よう》の都《みやこ》の中にも、彼に宿《やど》を貸《か》そうという家《いえ》は、一軒《いっけん》もなくなってしまいました。いや、宿を貸すどころか、今では椀《わん》に一杯《いっぱい》の水も、恵《めぐ》んでくれるものはいないのです。

そこで彼はある日の夕方、もう一度あの洛陽《らくよう》の西の門の下へ行って、ぼんやり空を眺《なが》め

ながら、途方《とほう》に暮れて立っていました。するとやはり昔のように、片目眇《かためすがめ》の老人が、どこからか姿を現して、

「お前は何を考えているのだ。」と、声をかけるではありませんか。

杜子春は老人の顔を見ると、恥ずかしそうに下を向いたまま、しばらくは返事もしませんでした。が、老人はその日も親切《しんせつ》そうに、同じ言葉を繰《く》り返しますから、こちらも前と同じように、

「私《わたし》は今夜《こんや》寝る所もないので、どうしたものかと考えているのです。」と、恐《おそ》る恐る返事をしました。

「そうか。それは可哀《かわい》そうだな。ではおれがいいことを一つ教えてやろう。今この夕日の中へ立って、お前の影《かげ》が地に映《うつ》ったら、その胸に当たる所を、夜中《よなか》に掘ってみるがいい。きっと車に一ぱいの黄金《おうごん》が埋《う》まっているはずだから。」

老人はこう言ったと思うと、今度《こんど》もまた人ごみの中へ、掻《か》き消《け》すように隠《かく》れてしまいました。

杜子春はその翌日から、たちまち天下《てんか》第一の大金持ちに返りました。と同時に相変わらず、し放題《ほうだい》な贅沢《ぜいたく》をし始めました。庭《にわ》に咲いている牡丹《ぼたん》の花、その中に眠っている白孔雀《しろくじゃく》、それから刀を呑《の》んで見せる、天竺《てんじく》から来た魔《ま》法使《ほうつか》い――すべてが昔の通りなのです。

ですから車に一ぱいにあった、あの夥《おびただ》しい黄金《おうごん》も、また三年ばかり経《た》つうちには、すっかりなくなってしまいました。

三

「お前は何を考えているのだ。」

片目眇《かためすがめ》の老人は、三度《みたび》杜子春《とししゅん》の前へ来て、同じことを問いかけました。もちろん彼はその時も、洛陽《らくよう》の西の門の下に、ほそぼそと霞《かすみ》を破《やぶ》っている三日月《みかづき》の光を眺《なが》めながら、ぼんやり佇《たたず》んでいたのです。

「私《わたし》ですか。私は今夜《こんや》寝る所もないので、どうしようかと思っているのです。」

「そうか。それは可哀《かわい》そうだな。ではおれがいいことを教えてやろう。今この夕日の中へ立って、お前の影《かげ》が地に映《うつ》ったら、その腹に当たる所を、夜中《よなか》に掘ってみるがいい。きっと車に一ぱいの――」

老人がここまで言いかけると、杜子春は急に手を挙《あ》げて、その言葉を遮《さえぎ》りました。

「いや、お金はもういらないのです。」

「金はもういらない？　ははあ、では贅沢《ぜいたく》をするにはとうとう飽《あ》きてしまったと見えるな。」

老人は審《いぶか》しそうな眼《め》つきをしながら、じっと杜子春の顔を見つめました。

「なに、贅沢《ぜいたく》に飽《あ》きたのじゃありません。人間というものに愛想《あいそ》がつきたのです。」

杜子春は不平《ふへい》そうな顔をしながら、突慳貪《つっけんどん》にこう言いました。

「それは面白《おもしろ》いな。どうしてまた人間に愛想《あいそ》がつきたのだ？」

「人間は皆薄情《みなはくじょう》です。私《わたし》が大金持ちになった時には、世辞《せじ》も追従《ついしょう》もしますけれど、いったん貧乏《びんぼう》になってごらんなさい。やさしい顔さえもしてみせはしません。そんなことを考えると、たといもう一度大金持ちになったところが、何にもならないような気がするのです。」

老人は杜子春の言葉を聞くと、急ににやにや笑い出しました。

「そうか。いや、お前は若い者に似合わず、感心に物のわかる男だ。ではこれからは貧乏《びんぼう》をしても、安《やす》らかに暮らして行くつもりか」

杜子春はちょいとためらいました。が、すぐに思い切った眼《め》を挙《あ》げると、訴《うった》えるように老人の顔を見ながら、

「それも今の私にはできません。ですから私はあなたの弟子《でし》になって、仙術《せんじゅつ》の修業《しゅぎょう》をしたいと思うのです。いいえ、隠《かく》してはいけません。あなたは道徳《どうとく》の高い仙人《せんにん》でしょう。仙人

でなければ、一夜《ひとよ》のうちに私を天下《てんか》第一の大金持ちにすることは出来ないはずです。どうか私の先生になって、不思議な仙術を教えてください。」

老人は眉《まゆ》をひそめたまま、しばらくは黙《だま》って、何事か考えているようでしたが、やがてまたにっこり笑いながら、

「いかにもおれは峨眉山《がびさん》*6に棲《す》んでいる、鉄冠子《てつかんし》という仙人《せんにん》だ。始めお前の顔を見た時、どこか物わかりがよさそうだったから、二度まで大金持ちにしてやったのだが、それほど仙人になりたければ、おれの弟子《でし》にとり立ててやろう。」と、快《こころよ》く願《ねが》いを容《い》れてくれました。

杜子春は喜《よろこ》んだの、喜ばないのではありません。老人の言葉がまだ終わらないうちに、彼は大地に額《ひたい》をつけて、何度も鉄冠子におじぎをしました。

「いや、そうお礼などは言ってもらうまい。いくらおれの弟子《でし》にしたところが、立派《りっぱ》な仙《せん》人《にん》になれるかなれないかは、お前しだいできまることだからな。――が、ともかくもまずおれと一しょに、峨眉山《がびさん》の奥へ来てみるがいい。おお、幸《さいわ》い、ここに竹杖《たけづえ》が一本落ちている。ではさっそくこれへ乗って、一飛《ひとと》びに空を渡るとしよう。」

鉄冠子はそこにあった青竹《あおだけ》を一本拾《ひろ》い上げると、口のうちに呪文《じゅもん》を唱《とな》えながら、杜子春と一しょにその竹へ、馬にでも乗るように跨《また》がりました。すると不思議ではありませんか。竹杖はたちまち竜《りゅう》のように、勢《いきお》いよく大空へ舞《ま》い上がって、晴れわたった春の夕空《ゆうぞら》を峨眉《がび》

山《さん》の方角へ飛んで行きました。

杜子春は胆《きも》をつぶしながら、恐《おそ》る恐る下を見下ろしました。が、下にはただ青い山々が夕明《ゆうあ》かりの底に見えるばかりで、あの洛陽《らくよう》の都《みやこ》の西の門は、(とうに霞《かすみ》に紛《まぎ》れたのでしょう。)どこを探《さが》しても見当たりません。そのうちに鉄冠子は、白い鬢《びん》の毛を風に吹かせて、高らかに歌を唱《うた》い出しました。

朝《あした》に北海《ほっかい》に遊び、暮《くれ》には蒼梧《そうご》。
袖裏《しゅうり》の青蛇《せいだ》、胆気《たんき》粗《そ》なり。
三《み》たび岳陽《がくよう》に入《い》れども、人識《ひとし》らず。
朗吟《ろうぎん》して、飛過《ひか》す洞庭湖《どうていこ》*7。

四

二人を乗せた青竹《あおだけ》は、まもなく峨眉山《がびさん》へ舞《ま》い下がりました。

そこは深い谷に臨《のぞ》んだ、幅《はば》の広い一枚岩の上でしたが、よくよく高い所だと見えて、中《なか》空《ぞら》に垂《た》れた北斗《ほくと》の星が、茶碗《ちゃわん》ほどの大きさに光っていました。もとより人跡《じんせき》の絶えた山ですから、あたりはしんと静まり返って、やっと耳にはいるものは、後ろの絶壁《ぜっぺき》に生《は》えている、曲がりくねった一株の松《まつ》が、こうこうと夜風《よかぜ》に鳴る音だけです。

二人がこの岩の上へ来ると、鉄冠子《てつかんし》は杜子春《とししゅん》を絶壁《ぜっぺき》の下に坐《すわ》らせて、

「おれはこれから天上《てんじょう》へ行って、西王母《せいおうぼ》*8にお眼《め》にかかって来るから、お前はその間ここに坐《すわ》って、おれの帰るのを待っているがいい。たぶんおれがいなくなると、いろいろな魔《ま》性《しょう》が現れて、お前をたぶらかそうとするだろうが、たといどんなことが起ころうとも、決して声を出すのではないぞ。もし一言《ひとこと》でも口をきいたら、お前はとうてい仙人《せんにん》にはなれないものだと覚悟をしろ。いいか。天地《てんち》が裂《さ》けても、黙《だま》っているのだぞ。」と言いました。

「大丈夫《だいじょうぶ》です。決して声なぞは出しません。命がなくなっても、黙《だま》っています。」

「そうか。それを聞いて、おれも安心した。ではおれは行って来るから。」

老人は杜子春に別れを告げると、またあの竹杖《たけづえ》に跨《また》がって、夜目《よめ》にも削《けず》ったような山々の空へ、一文字《いちもんじ》に消えてしまいました。

杜子春はたった一人、岩の上に坐《すわ》ったまま、静かに星を眺《なが》めていました。するとかれこれ半時《はんとき》*9ばかり経《た》って、深山《しんざん》の夜気《やき》が肌寒《はださむ》く薄《うす》い着物に透《とお》り出したころ、突然空中に声があって、

「そこにいるのは何ものだ。」と、叱《しか》りつけるではありませんか。

しかし杜子春は仙人の教え通り、何とも返事をしずにいました。

ところがまたしばらくすると、やはり同じ声が響《ひび》いて、「返事をしないとたちどころに、命はないものと覚悟《かくご》をしろ。」と、いかめしく嚇《おど》しつけるのです。

杜子春はもちろん黙《だま》っていました。

と、どこから登って来たか、らんらんと眼《め》を光らせた虎《とら》が一匹、忽然《こつぜん》と岩の上に躍《おど》り上がって、杜子春の姿を睨《にら》みながら、一声《ひとこえ》高く哮《たけ》りました。のみならずそれと同時に、頭の上の松《まつ》の枝が、烈《はげ》しくざわざわ揺《ゆ》れたと思うと、後ろの絶壁《ぜっぺき》の頂《いただき》からは、四斗樽《しとだる》ほどの白《はく》蛇《だ》が一匹、炎《ほのお》のような舌を吐いて、見る見る近くへ下りて来るのです。

杜子春はしかし平然と、眉毛《まゆげ》を動かさずに坐《すわ》っていました。

虎《とら》と蛇《へび》とは、一つ餌食《えじき》を狙《ねら》って、互いに隙《すき》でも窺《うかが》うのか、しばらくは睨《にら》み合いの体《てい》でしたが、やがてどちらが先ともなく、一時に杜子春に飛びかかりました。が虎の牙《きば》に嚙《か》まれるか、蛇の舌に呑《の》まれるか、杜子春の命は瞬《また》くうちに、なくなってしまうと思った時、虎と蛇とは霧《きり》のごとく、夜風《よかぜ》と共に消え失《う》せて、後にはただ、絶壁《ぜっぺき》の松《まつ》が、さっきの通りこうこうと枝を鳴らしているばかりなのです。杜子春はほっと一息《ひといき》しながら、今度《こんど》はどんなことが起こるかと、心待ちに待っていました。

すると一陣《いちじん》の風が吹き起こって、墨《すみ》のような黒雲《くろくも》が一面にあたりをとざすやいなや、うす紫《むらさき》の稲妻《いなずま》がやにわに闇《やみ》を二つに裂《さ》いて、凄《すさ》まじく雷《らい》が鳴り出しました。いや、雷ばかりではありません。それと一しょに瀑《たき》のような雨も、いきなりどうどうと降り出したのです。杜子春はこの天変《てんぺん》の中に、恐《おそ》れ気《げ》もなく坐《すわ》っていました。風の音、雨のしぶき、それから絶え間ない稲妻の光、――しばらくはさすがの峨眉山《がびさん》も、覆《くつがえ》るかと思うくらいでしたが、そのうちに耳をもつんざくほど、大きな雷鳴《らいめい》が轟《とどろ》いたと思うと、空に渦巻《うずま》いた黒雲の中から、まっ赤な一本の火柱《ひばしら》が、杜子春の頭へ落ちかかりました。

杜子春は思わず耳をおさえて、一枚岩の上へひれ伏《ふ》しました。が、すぐに眼《め》を開いて見ると、空は以前の通り晴れわたって、向こうに聳《そび》えた山々の上にも、茶碗《ちゃわん》ほどの北斗《ほくと》の星が、やはりきらきら輝《かがや》いています。してみれば今の大あらしも、あの虎《とら》や白蛇《はくだ》と同じように、鉄冠子の留守《るす》をつけこんだ、魔性《ましょう》の悪戯《いたずら》に違いありません。杜子春はようやく安心して、額《ひたい》の冷汗《ひやあせ》を拭《ぬぐ》いながら、また岩の上に坐《すわ》り直しました。

が、そのため息がまだ消えないうちに、今度《こんど》は彼の坐《すわ》っている前へ、金《きん》の鎧《よろい》を着下《きくだ》した、身の丈《たけ》三丈《じょう》*10もあろうという、厳《おごそ》かな神将《しんしょう》が現れました。神将は手に三叉《みつまた》の戟《ほこ》を持っていましたが、いきなりその戟の切先《きっさき》を杜子春の胸《むな》もとへ向けながら、眼《め》を嗔《いか》らせて叱《しか》*11りつけるのを聞けば、

「こら、その方《ほう》はいったい何ものだ。この峨眉山《がびさん》という山は、天地開闢《てんちかいびゃく》の昔から、おれが

住居《すまい》をしている所だぞ。それもはばからずたった一人、ここへ足を踏み入れるとは、よもやただの人間ではあるまい。さあ命が惜《お》しかったら、一刻《いっこく》も早く返答しろ。」と言うのです。

しかし杜子春は老人の言葉通り、黙然《もくねん》と口を噤《つぐ》んでいました。

「返事をしないか。――しないな。よし。しなければ、しないで勝手《かって》にしろ。その代わりおれの眷属《けんぞく》たちが、その方《ほう》をずたずたに斬《き》ってしまうぞ。」

神将《しんしょう》は戟《ほこ》を高く挙《あ》げて、向こうの山の空を招《まね》きました。その途端《とたん》に闇《やみ》がさっと裂《さ》けると、驚いたことには無数《むすう》の神兵《しんぺい》が、雲のごとく空に充《み》ち満《み》ちて、それが皆槍《みなやり》や刀をきらめかせながら、今にもここへ一《ひと》なだれに攻《せ》め寄《よ》せようとしているのです。

この景色《けしき》を見た杜子春は、思わずあっと叫《さけ》びそうにしましたが、すぐにまた鉄冠子の言葉を思い出して、一生懸命《けんめい》に黙《だま》っていました。神将《しんしょう》は彼が恐《おそ》れないのを見ると、怒《おこ》ったの怒らないのではありません。

「この剛情者《ごうじょうもの》め。どうしても返事をしなければ、約束通り命はとってやるぞ。」

神将《しんしょう》はこう喚《わめ》くが早いか、三叉《みつまた》の戟《ほこ》を閃《ひらめ》かせて、一突《ひとつ》きに杜子春を突き殺しました。そうして峨眉山《がびさん》もどよむほど、からからと高く笑いながら、どこともなく消えてしまいました。もちろんこの時はもう無数《むすう》の神兵《しんぺい》も、吹きわたる夜風《よかぜ》の音と一しょに、夢のように消え失《う》せた後だったのです。

北斗《ほくと》の星はまた寒《さむ》そうに、一枚岩の上を照らし始めました。絶壁《ぜっぺき》の松《まつ》も前に変わらず、こうこうと枝を鳴らせています。が、杜子春はとうに息が絶えて、仰向《あおむ》けにそこへ倒れていました。

五

杜子春《とししゅん》の体は岩の上へ、仰向《あおむ》けに倒れていましたが、杜子春の魂《たましい》は、静かに体から抜《ぬ》け出して、地獄《じごく》の底へ下りて行きました。

この世と地獄との間には、闇穴道《あんけつどう》という道があって、そこは年じゅう暗い空に、氷のような冷たい風がぴゅうぴゅう吹き荒《すさ》んでいるのです。杜子春はその風に吹かれながら、しばらくはただ木《こ》の葉《は》のように、空を漂《ただよ》って行きましたが、やがて森羅殿《しんらでん》という額《がく》の懸《か》かった立派《りっぱ》な御殿《ごてん》の前へ出ました。

御殿《ごてん》の前にいた大勢《おおぜい》の鬼《おに》は、杜子春の姿を見るやいなや、すぐにそのまわりを取り捲《ま》いて、階《きざはし》の前へ引き据《す》えました。階《きざはし》の上には一人の王様が、まっ黒な袍《きもの》に金《きん》の冠《かんむり》をかぶって、いかめしくあたりを睨《にら》んでいます。これはかねて噂《うわさ》に聞いた、閻魔《えんま》大王《だいおう》に違いありません。

杜子春はどうなることかと思いながら、恐《おそ》る恐るそこへ跪《ひざまず》いていました。

「こら、その方《ほう》は何のために、峨眉山《がびさん》の上へ坐《すわ》っていた？」

閻魔大王《えんまだいおう》の声は雷《らい》のように、階《きざはし》の上から響《ひび》きました。杜子春はさっそくその問いに答えようとしましたが、ふとまた思い出したのは、「決して口をきくな」という鉄冠子《てっかんし》の戒《いまし》めの言葉です。そこでただ頭を垂《た》れたまま、おしのように黙《だま》っていました。すると閻魔大王は、持っていた鉄の笏《しゃく》*12を挙《あ》げて、顔じゅうの鬚《ひげ》を逆立《さかだ》てながら、

「その方《ほう》はここをどこだと思う？　すみやかに返答をすればよし、さもなければ時を移さず、地獄の呵責《かしゃく》にあわせてくれるぞ。」と、威丈高《いたけだか》に罵《ののし》りました。

が、杜子春は相変わらず唇《くちびる》一つ動かしません。それを見た閻魔大王《えんまだいおう》は、すぐに鬼《おに》どもの方を向いて、荒々《あらあら》しく何か言いつけると、鬼どもは一度に畏《かしこ》まって、たちまち杜子春を引き立てながら、森羅殿《しんらでん》の空へ舞《ま》い上がりました。

地獄には誰《たれ》でも知っている通り、剣《つるぎ》の山や血の池のほかにも、焦熱《しょうねつ》地獄という焔《ほのお》の谷や極寒《ごっかん》地獄という氷の海が、真っ暗な空の下に並《なら》んでいます。鬼《おに》どもはそういう地獄の中へ、代わる代わる杜子春を抛《ほう》りこみました。ですから杜子春は無残《むざん》にも、剣に胸を貫《つらぬ》かれるやら、焔に顔を焼かれるやら、舌を抜《ぬ》かれるやら、皮を剝《は》がれるやら、鉄の杵《きね》に撞《つ》かれるやら、油の鍋《なべ》に煮《に》られるやら、毒蛇《どくじゃ》に脳味噌《のうみそ》を吸われるやら、熊鷹《くまたか》に眼《め》を食《く》われるやら、

――その苦しみを数え立てていては、とうてい際限《さいげん》がないくらい、あらゆる責苦《せめく》にあわされたのです。それでも杜子春は我慢強《がまんづよ》く、じっと歯を食いしばったまま、一言《ひとこと》も口をききませんでした。

　これにはさすがの鬼《おに》どもも、呆《あき》れ返ってしまったのでしょう。もう一度夜のような空を飛んで、森羅殿《しんらでん》の前へ帰って来ると、さっきの通り杜子春を階《きざはし》の下に引き据《す》えながら、御《ご》殿《てん》の上の閻魔大王《えんまだいおう》に、

「この罪人《ざいにん》はどうしても、ものを言う気色《けしき》がございません。」と、口を揃《そろ》えて言上《ごんじょう》しました。

　閻魔大王《えんまだいおう》は眉《まゆ》をひそめて、しばらく思案《しあん》に暮《く》れていましたが、やがて何か思いついたと見えて、

「この男の父母《ちちはは》は、畜生道《ちくしょうどう》*13に落ちているはずだから、さっそくここへ引き立てて来い。」と、一匹の鬼《おに》に言いつけました。

　鬼《おに》はたちまち風に乗って、地獄の空へ舞《ま》い上がりました。と思うと、また星が流れるように、二匹の獣《けもの》を駆《か》り立てながら、さっと森羅殿《しんらでん》の前へ下りて来ました。その獣を見た杜子春は、驚いたの驚かないのではありません。なぜかといえばそれは二匹とも、形はみすぼらしい痩《や》せ馬でしたが、顔は夢にも忘れない、死んだ父母《ちちはは》の通りでしたから。

「こら、その方《ほう》は何のために、峨眉山《がびさん》の上に坐《すわ》っていたか、まっすぐに白状《はくじょう》しなければ、今度《こんど》はその方の父母《ちちはは》に痛い思いをさせてやるぞ。」

杜子春はこう嚇《おど》されても、やはり返答をしずにいました。

「この不孝者《ふこうもの》めが。その方《ほう》は父母《ちちはは》が苦しんでも、その方さえ都合《つごう》がよければ、いいと思っているのだな。」

閻魔大王《えんまだいおう》は森羅殿《しんらでん》も崩《くず》れるほど、凄《すさ》まじい声で喚《わめ》きました。

「打て。鬼《おに》ども。その二匹の畜生《ちくしょう》を、肉も骨も打ち砕《くだ》いてしまえ。」

鬼《おに》どもはいっせいに「はっ」と答えながら、鉄の鞭《むち》をとって立ち上がると、四方八方《しほうはっぽう》から二匹の馬を、未練未釈《みれんみしやく》なく打ちのめしました。鞭はりゅうりゅうと風を切って、所きらわず雨のように、馬の皮肉《ひにく》を打ち破《やぶ》るのです。馬は、——畜生《ちくしょう》になった父母《ちちはは》は、苦しそうに身を悶《もだ》えて、眼《め》には血の涙を浮かべたまま、見てもいられないほどいななき立てました。

「どうだ。まだその方《ほう》は白状《はくじょう》しないか。」

閻魔大王《えんまだいおう》は鬼《おに》どもに、しばらく鞭《むち》の手をやめさせて、もう一度杜子春の答えを促《うなが》しました。もうその時には二匹の馬も、肉は裂《さ》け骨は砕《くだ》けて、息も絶《た》え絶《だ》えに階《きざはし》の前へ、倒《たお》れ伏《ふ》していたのです。

杜子春は必死になって、鉄冠子の言葉を思い出しながら、かたく眼《め》をつぶっていました。

するとその時彼の耳には、ほとんど声とはいえないくらい、かすかな声が伝わって来ました。

「心配をおしでない。私《わたし》たちはどうなっても、お前さえ仕合《しあわ》せになれるのなら、それより結構《けっこう》なことはないのだからね。大王が何とおっしゃっても、言いたくないことは黙《だま》っておいで。」

それは確かに懐《なつ》かしい、母親の声に違いありません。杜子春は思わず、眼《め》をあきました。そうして馬の一匹が、力なく地上に倒れたまま、悲しそうに彼の顔へ、じっと眼をやっているのを見ました。母親はこんな苦しみの中にも、息子《むすこ》の心を思いやって、鬼《おに》どもの鞭《むち》に打たれたことを、怨《うら》む気色《けしき》さえも見せないのです。大金持ちになればお世辞《せじ》を言い、貧乏《びんぼう》人《にん》になれば口もきかない世間の人たちに比べると、なんというありがたい志《こころざし》でしょう。なんという健気《けなげ》な決心でしょう。杜子春は老人の戒《いまし》めも忘れて、転《まろ》ぶようにその側《そば》へ走りよると、両手に半死《はんし》の馬の頸《くび》を抱《だ》いて、はらはらと涙を落としながら、「お母《つか》さん。」と一《ひと》声《こえ》を叫《さけ》びました。……………

六

その声に気がついて見ると、杜子春《とししゅん》はやはり夕日を浴《あ》びて、洛陽《らくよう》の西の門の下に、ぼんやり佇《たたず》んでいるのでした。霞《かす》んだ空、白い三日月《みかづき》、絶え間ない人や車の波、——すべてがまだ峨眉山《がびさん》へ、行かない前と同じことです。

「どうだな。おれの弟子《でし》になったところが、とても仙人《せんにん》にはなれはすまい。」

片目眇《かためすがめ》の老人は微笑《びしょう》を含《ふく》みながら言いました。

「なれません。なれませんが、しかし私《わたし》はなれなかったことも、かえって嬉《うれ》しい気がするのです。」

杜子春はまだ眼《め》に涙を浮かべたまま、思わず老人の手を握《にぎ》りました。

「いくら仙人《せんにん》になれたところが、私はあの地獄《じごく》の森羅殿《しんらでん》の前に、鞭《むち》を受けている父母《ちちはは》を見ては、黙《だま》っているわけにはゆきません。」

「もしお前が黙《だま》っていたら——」と鉄冠子《てっかんし》は急に厳《おごそ》かな顔になって、じっと杜子春を見つめました。

「もしお前が黙《だま》っていたら、おれは即座《そくざ》にお前の命を絶ってしまおうと思っていたのだ。

――お前はもう仙人《せんにん》になりたいという望みも持っていまい。大金持ちになることは、もとより愛想《あいそ》がつきたはずだ。ではお前はこれから後《のち》、何になったらいいと思うな。」

「何になっても、人間らしい、正直《しょうじき》な暮らしをするつもりです。」

杜子春の声には今までにない晴《は》れ晴《ば》れした調子がこもっていました。

「その言葉を忘れるなよ。ではおれは今日限《きょうかぎ》り、二度とお前にはあわないから。」

鉄冠子はこう言ううちに、もう歩き出していましたが、急にまた足を止めて、杜子春の方を振り返ると、

「おお、幸《さいわ》い、今思い出したが、おれは泰山《たいざん》*14の南の麓《ふもと》に一軒《いっけん》の家を持っている。その家を畑ごとお前にやるから、さっそく行って住まうがいい。今ごろはちょうど家のまわりに、桃《もも》の花が一面に咲いているだろう。」と、さも愉快《ゆかい》そうにつけ加えました。

（一九二〇年七月）

トロッコ

小田原《おだわら》熱海《あたみ》間《かん》に、軽便《けいべん》鉄道敷設《ふせつ》[*1]の工事が始まったのは、良平《りょうへい》の八つの年だった。良平は毎日村はずれへ、その工事を見物《けんぶつ》に行った。工事を――といったところが、ただトロッコ[*2]で土を運搬《うんぱん》する――それが面白《おもしろ》さに見に行ったのである。

トロッコの上には土工《どこう》が二人、土を積んだ後ろに佇《たたず》んでいる。トロッコは山を下《くだ》るのだから、人手《ひとで》を借りずに走って来る。煽《あお》るように車台《しゃだい》が動いたり、土工の袢天《はんてん》の裾《すそ》がひらついたり、細い線路がしなったり――良平はそんなけしきを眺《なが》めながら、土工になりたいと思うことがある。せめては一度でも土工と一しょに、トロッコへ乗りたいと思うこともある。トロッコは村はずれの平地へ来ると、自然とそこに止まってしまう。と同時に土工たちは、身軽《みがる》にトロッコを飛び降りるが早いか、その線路の終点へ車の土をぶちまける。それから今度《こんど》はトロッコを押し押し、もと来た山の方へ登り始める。良平はその時乗れないまでも、押すことさえ出来たらと思うのである。

ある夕方、――それは二月の初旬《しょじゅん》だった。良平は二つ下の弟や、弟と同じ年の隣《となり》の子供と、トロッコの置いてある村はずれへ行った。トロッコは泥《どろ》だらけになったまま、薄明《うすあか》るい中に並《なら》んでいる。が、そのほかはどこを見ても、土工《どこう》たちの姿は見えなかった。三人の子供は恐《おそ》る恐る、一番端《はし》にあるトロッコを押した。トロッコは三人の力が揃《そろ》うと、突然ごろりと車輪《しゃりん》をまわした。良平はこの音にひやりとした。しかし二度目の車輪の音は、もう彼を驚かさなかった。ごろり、ごろり、――トロッコはそういう音とともに、三人の手に押されながら、そろそろ線路を登って行った。

そのうちにかれこれ十間《けん》*3ほど来ると、線路の勾配《こうばい》が急になりだした。トロッコも三人の力では、いくら押しても動かなくなった。どうかすれば車と一しょに、押し戻《もど》されそうにもなることがある。良平はもういいと思ったから、年下の二人に合図《あいず》をした。

「さあ、乗ろう！」

彼らは一度に手をはなすと、トロッコの上へ飛び乗った。トロッコは最初おもむろに、それから見る見る勢《いきお》いよく、一息《ひといき》に線路を下《くだ》りだした。その途端《とたん》につき当たりの風景は、たちまち両側へ分かれるように、ずんずん目の前へ展開《てんかい》して来る。顔に当たる薄暮《はくぼ》の風、足の下に躍《おど》るトロッコの動揺《どうよう》、――良平はほとんど有頂天《うちょうてん》になった。

しかしトロッコは二、三分の後《のち》、もうもとの終点に止まっていた。

「さあ、もう一度押すじゃあ。」

良平は年下の二人と一しょに、またトロッコを押し上げにかかった。が、まだ車輪《しゃりん》も動かないうちに、突然彼らの後ろには、誰《だれ》かの足音が聞こえだした。のみならずそれは聞こえだしたと思うと、急にこういう怒鳴《どな》り声《ごえ》に変わった。

「この野郎《やろう》！　誰《だれ》に断《ことわ》ってトロに触《さわ》った？」

そこには古い印袢天《しるしばんてん》に、季節はずれの麦藁帽《むぎわらぼう》をかぶった、背の高い土工《どこう》が佇《たたず》んでいる。——そういう姿が目にはいった時、良平は年下の二人と一しょに、もう五、六間《けん》逃げ出していた。——それぎり良平は使いの帰りに、人気《ひとけ》のない工事場《こうじば》のトロッコをみても、二度と乗ってみようと思ったことはない。ただその時の土工の姿は、今でも良平の頭のどこかに、はっきりした記憶を残している。薄明《うすあ》かりの中に仄《ほの》めいた、小さい黄色い麦藁帽、——しかしその記憶さえも、年《とし》ごとに色彩《しきさい》は薄れるらしい。

その後十日《のちとおか》あまりたってから、良平はまたたった一人、午過《ひるす》ぎの工事場に佇《たたず》みながら、トロッコの来るのを眺《なが》めていた。すると土を積んだトロッコのほかに、枕木《まくらぎ》を積んだトロッコが一輛《りょう》、これは本線《ほんせん》になるはずの、太い線路を登って来た。このトロッコを押しているのは、二人とも若い男だった。良平は彼らを見た時から、何だか親しみやすいような気がした。「この人たちならば叱《しか》られない。」——彼はそう思いながら、トロッコの側《そば》へ駈《か》けて行った。

「おじさん。押してやろうか？」

その中の一人、——縞《しま》のシャツを着ている男は、俯向《うつむ》きにトロッコを押したまま、思った通り快《こころよ》い返事をした。

「おお、押してくよう。」

良平は二人の間にはいると、力いっぱい押し始めた。

「われはなかなか力があるな。」

他《た》の一人、——耳に巻煙草《まきたばこ》を挟《はさ》んだ男も、こう良平を褒《ほ》めてくれた。

そのうちに線路の勾配《こうばい》は、だんだん楽《らく》になり始めた。「もう押さなくともいい。」——良平は今にもいわれるかと内心気がかりでならなかった。が、若い二人の土工《どこう》は、前よりも腰を起こしたぎり、黙々《もくもく》と車を押し続けていた。良平はとうとうこらえきれずに、おずおずこんなことを尋《たず》ねてみた。

「いつまでも押していていい？」

「いいとも。」

二人は同時に返事をした。良平は「優《やさ》しい人たちだ」と思った。
五、六町《ちょう》＊4あまり押し続けたら、線路はもう一度急勾配《きゅうこうばい》になった。そこには両側の蜜柑《みかん》畑《ばたけ》に、黄色い実がいくつも日を受けている。
「登り路《みち》の方がいい、いつまでも押させてくれるから。」——良平はそんなことを考えながら、全身でトロッコを押すようにした。

蜜柑畑《みかんばたけ》の間を登りつめると、急に線路は下《くだ》りになった。縞《しま》のシャツを着ている男は、良平に「やい、乗れ」といった。良平はすぐに飛び乗った。トロッコは三人が乗り移ると同時に、蜜柑畑の匂《にお》いを煽《あお》りながら、ひたすべりに線路を走り出した。「押すよりも乗る方がずっといい。」――良平は羽織《はおり》に風を孕《はら》ませながら、当たり前のことを考えた。「行きに押す所が多ければ、帰りにまた乗る所が多い。」――そうも考えたりした。

竹藪《たけやぶ》のある所へ来ると、トロッコは静かに走るのをやめた。三人はまた前のように、重いトロッコを押し始めた。竹藪はいつか雑木林《ぞうきばやし》になった。爪先上《つまさき》がりのところどころには、赤錆《あかさび》の線路も見えないほど、落葉《おちば》のたまっている場所もあった。その路《みち》をやっと登りきったら、今度《こんど》は高い崖《がけ》の向こうに、広々《ひろびろ》と薄《うす》ら寒《さむ》い海が開けた。と同時に良平の頭には、あまり遠く来すぎたことが、急にはっきりと感じられた。

三人はまたトロッコへ乗った。車は海を右にしながら、雑木《ぞうき》の枝の下を走って行った。しかし良平はさっきのように、面白《おもしろ》い気もちにはなれなかった。「もう帰ってくれればいい。」――彼はそうも念じてみた。が、行く所まで行きつかなければ、トロッコも彼らも帰れないことは、もちろん彼にもわかりきっていた。

その次に車の止まったのは、切り崩《くず》した山を背負っている、藁屋根《わらやね》の茶店《ちゃみせ》の前だった。二人の土工《どこう》はその店へはいると、乳呑児《ちのみご》をおぶった上《かみ》さんを相手に、悠々《ゆうゆう》と茶などを飲み始めた。良平は独《ひと》りいらいらしながら、トロッコのまわりをまわってみた。トロッコには頑丈《がんじょう》な車台《しゃだい》の板に、跳《は》ねかえった泥《どろ》が乾《かわ》いていた。

しばらくの後茶店《のちちゃみせ》を出て来《き》しなに、巻煙草《まきたばこ》を耳に挟《はさ》んだ男は、(その時はもう挟んでいなかったが)トロッコの側《そば》にいる良平に新聞紙《しんぶんがみ》に包《つつ》んだ駄菓子《だがし》をくれた。良平は冷淡《れいたん》に「ありがとう」といった。が、すぐに冷淡にしては、相手にすまないと思い直した。彼はその冷淡さを取りつくろうように、包み菓子の一つを口へ入れた。菓子には新聞紙にあったらしい、石油の匂《にお》いがしみついていた。

三人はトロッコを押しながら緩《ゆる》い傾斜《けいしゃ》を登って行った。良平は車に手をかけていても、心はほかのことを考えていた。

その坂を向こうへ下《お》りきると、また同じような茶店《ちゃみせ》があった。土工《どこう》たちがその中へはいった後、良平はトロッコに腰をかけながら、帰ることばかり気にしていた。茶店の前には花のさいた梅《うめ》に、西日の光が消えかかっている。「もう日が暮れる。」――彼はそう考えると、ぼんやり腰かけてもいられなかった。トロッコの車輪《しゃりん》を蹴《け》ってみたり、一人では動かないのを承知しながらうんうんそれを押してみたり、――そんなことに気もちを紛《まぎ》らせていた。

ところが土工《どこう》たちは出て来ると、車の上の枕木《まくらぎ》に手をかけながら、無造作《むぞうさ》に彼にこういった。

「われはもう帰んな。おれたちは今日《きよう》は向こう泊《ど》まりだから。」

「あんまり帰りが遅くなるとわれの家《うち》でも心配するずら。」

良平は一瞬間《いつしゆんかん》呆気《あつけ》にとられた。もうかれこれ暗くなること、去年の暮《くれ》母と岩村《いわむら》まで来たが、今日《きよう》の途《みち》はその三、四倍あること、それを今からたった一人、歩いて帰らなければならないこと、──そういうことが一時にわかったのである。良平はほとんど泣きそうになった。が、泣いてもしかたがないと思った。泣いている場合ではないとも思った。彼は若い二人の土工《どこう》に、取って付けたようなおじぎをすると、どんどん線路伝いに走り出した。

良平はしばらく無我夢中《むがむちゆう》に線路の側《そば》を走り続けた。そのうちに懐《ふところ》の菓子包《かしづつ》みが、邪魔《じやま》になることに気がついたから、それを路側《みちばた》へ抛《ほう》り出すついでに、板草履《いたぞうり》もそこへ脱《ぬ》ぎ捨《す》ててしまった。すると薄《うす》い足袋《たび》の裏《うら》へじかに小石《こいし》が食《く》いこんだが、足だけは遥《はる》かに軽くなった。彼は左に海を感じながら、急な坂路《さかみち》を駈《か》け登った。時々涙がこみ上げて来ると、自然に顔が歪《ゆが》んで来る。──それは無理に我慢《がまん》しても、鼻だけは絶えずくうくう鳴った。

竹藪《たけやぶ》の側《そば》を駈《か》け抜《ぬ》けると、夕焼けのした日金山《ひがねやま》*5の空も、もう火照《ほて》りが消えかかっていた。良平はいよいよ気が気でなかった。往《ゆ》きとかえりと変わるせいか、景色《けしき》の違うのも不安だった。すると今度《こんど》は着物までも、汗の濡《ぬ》れ通《とお》ったのが気になったから、やはり必死に駈け続けたなり、羽織《はおり》を路側《みちばた》へ脱《ぬ》いで捨《す》てた。

蜜柑畑《みかんばたけ》へ来るころには、あたりは暗くなる一方だった。「命さえ助かれば」――良平はそう思いながら、すべってもつまずいても走って行った。

やっと遠い夕闇《ゆうやみ》の中に、村はずれの工事場《こうじば》が見えた時、良平はひと思いに泣きたくなった。しかしその時もべそはかいたが、とうとう泣かずに駈《か》け続けた。

彼の村へはいってみると、もう両側の家々には、電灯の光がさし合っていた。良平はその電灯の光に、頭から汗の湯気《ゆげ》の立つのが、彼自身にもはっきりわかった。井戸端《いどばた》に水を汲《く》んでいる女衆《おんなしゅ》や、畑から帰って来る男衆《おとこしゅ》は、良平が喘《あえ》ぎ喘ぎ走るのを見ては、「おいどうしたね？」などと声をかけた。が、彼は無言のまま、雑貨屋《ざつかや》だの床屋《とこや》だの、明るい家の前を走り過ぎた。

彼の家《うち》の門口《かどぐち》へ駈《か》けこんだ時、良平はとうとう大声に、わっと泣き出さずにはいられなかった。その泣き声は彼の周囲《まわり》へ、一時に父や母を集まらせた。殊《こと》に母は何とかいいながら、良平の体を抱《かか》えるようにした。が、良平は手足をもがきながら、啜《すす》り上げ啜り上げ泣き続けた。その声があまり激《はげ》しかったせいか、近所の女衆《おんなしゅ》も三、四人、薄暗《うすぐら》い門口へ集まって来た。父母《ちちはは》はもちろんその人たちは、口々に彼の泣くわけを尋《たず》ねた。しかし彼は何といわれても泣き立てるよりほかにしかたがなかった。あの遠い路《みち》を駈《か》け通《どお》して来た、今までの心細《こころぼそ》さをふり返ると、いくら大声に泣き続けても、足りない気もちに迫《せま》られながら、……………

良平は二十六の年、妻子《さいし》と一しょに東京へ出て来た。今ではある雑誌《ざっし》社《しゃ》の二階に、校正《こうせい》の朱筆《しゅふで》*6を握《にぎ》っている。が、彼はどうかすると、全然何の理由もないのに、その時の彼を思い出すことがある。全然何の理由もないのに？——塵労《じんろう》*7に疲れた彼の前には今でもやはりその時のように、薄暗《うすぐら》い藪《やぶ》や坂のある路《みち》が、細々《ほそぼそ》と一すじ断続している。……………

（一九二二年三月）

蜜《み》柑《かん》

ある曇《くも》った冬の日暮《ひぐれ》である。私《わたくし》は横須賀《よこすか》発上《のぼ》り二等客車の隅《すみ》に腰を下ろして、ぼんやり発車の笛《ふえ》を待っていた。とうに電灯のついた客車の中には、珍《めずら》しく私のほかに一人も乗客はいなかった。外を覗《のぞ》くと、うす暗いプラットフォオムにも、今日《きょう》は珍しく見送りの人影《ひとかげ》さえ跡《あと》を絶って、ただ、檻《おり》に入れられた小犬《こいぬ》が一匹、時々悲しそうに、吠《ほ》え立てていた。これらはその時の私の心もちと、不思議なくらい似《に》つかわしい景色《けしき》だった。私の頭の中にはいいようのない疲労《ひろう》と倦怠《けんたい》とが、まるで雪曇《ゆきぐも》りの空のようなどんよりした影《かげ》を落としていた。私は外套《がいとう》のポッケットへじっと両手をつっこんだまま、そこにはいっている夕刊を出して見ようという元気さえ起こらなかった。

が、やがて発車の笛《ふえ》が鳴った。私《わたくし》はかすかな心のくつろぎを感じながら、後ろの窓枠《まどわく》へ頭をもたせて、眼《め》の前の停車場《ていしゃじょう》がずるずると後《あと》ずさりを始めるのを待つともなく待ちかまえていた。ところがそれよりも先にけたたましい日和下駄《ひよりげた》*1の音が、改札口《かいさつぐち》の方から聞こえだしたと思うと、まもなく車掌《しゃしょう》の何かいい罵《ののし》る声とともに、私の乗っている二等室の戸ががらりと開《あ》いて、十三、四の小娘《こむすめ》が一人、慌《あわただ》しく中へはいって来た。と同時に一つずしりと揺《ゆ》れて、おもむろに汽車は動きだした。一本ずつ眼をくぎって行くプラットフォオムの柱《はしら》、置き忘れたような運水車《うんすいしゃ》、それから車内の誰《たれ》かに祝儀《しゅうぎ》の礼をいっている赤帽《あかぼう》*2――そういうすべては、窓へ吹きつける煤煙《ばいえん》の中に、未練《みれん》がましく後ろへ倒れて行った。私はようやくほっとした心もちになって、巻煙草《まきたばこ》に火をつけながら、はじめてものうい瞼《まぶた》をあげて、前の席に腰を下ろしていた小娘の顔を一瞥《いちべつ》した。

それは油気《あぶらけ》のない髪をひっつめの銀杏返《いちょうがえ》しに結《ゆ》って、横なでの痕《あと》のあるひびだらけの両《りょう》頰《ほお》を気持ちの悪いほど赤く火照《ほて》らせた、いかにも田舎者《いなかもの》らしい娘だった。しかも垢《あか》じみた萌黄色《もえぎいろ》の毛糸の襟巻《えりまき》がだらりと垂《た》れ下がった膝《ひざ》の上には、大きな風呂敷包《ふろしきづつ》みがあった。そのまた包みを抱いた霜焼《しもや》けの手の中には、三等の赤切符《あかぎっぷ》が大事《だいじ》そうにしっかり握《にぎ》られていた。私《わたくし》はこの小娘《こむすめ》の下品な顔だちを好《この》まなかった。それから彼女の服装が不潔《ふけつ》なのもやはり不快だった。最後にその二等と三等との区別さえもわきまえない愚鈍《ぐどん》な心が腹立たしかった。だから巻煙草に火をつけた私は、一つにはこの小娘の存在を忘れたいという心もちもあって、今度《こんど》はポッケットの夕刊を漫然《まんぜん》と膝の上へひろげて見た。するとその時夕刊の紙面《しめん》に落ちていた外光が、突然電灯の光に変わって、刷《すり》の悪い何欄《なにらん》かの活字が意外なくらい鮮《あざ》やかに私の眼《め》の前へ浮かんで来た。いうまでもなく汽車は今、横須賀《よこすか》線に多い隧道《トンネル》の最初のそれへはいったのである。

しかしその電灯の光に照らされた夕刊の紙面《しめん》を見渡しても、やはり私《わたくし》の憂鬱《ゆううつ》を慰《なぐさ》むべく、世間はあまりに平凡《へいぼん》な出来事ばかりで持ちきっていた。講和《こうわ》問題、*3 新婦新郎、瀆職《とくしょく》事件、死亡広告――私は隧道《トンネル》へはいった一瞬間《いっしゅんかん》、汽車の走っている方向が逆になったような錯覚《さっかく》を感じながら、それらの索漠《さくばく》とした記事から記事へほとんど機械的に眼《め》を通した。が、その間ももちろんあの小娘《こむすめ》が、あたかも卑俗《ひぞく》な現実を人間にしたような面持《おもも》ちで、私の前に坐《すわ》っていることを絶えず意識せずにはいられなかった。この隧道《トンネル》の中の汽車と、この田舎《いなか》者《もの》の小娘と、そうしてまたこの平凡な記事に埋《うず》まっている夕刊と、――これが象徴《しょうちょう》でなくて何であろう。不可解《ふかかい》な、下等《かとう》な、退屈《たいくつ》な人生の象徴でなくて何であろう。私はいっさいがくだらなくなって、読みかけた夕刊を抛《ほう》り出すと、また窓枠《まどわく》に頭をもたせながら、死んだように眼をつぶって、うつらうつらし始めた。

それから幾分《いくふん》か過ぎた後《のち》であった。ふと何かに脅《おびや》かされたような心もちがして、思わずあたりを見まわすと、いつの間にか例の小娘《こむすめ》が、向こう側から席を私《わたくし》の隣《となり》へ移して、しきりに窓を開けようとしている。が、重い硝子戸《ガラスど》はなかなか思うようにあがらないらしい。あのひびだらけの頰《ほお》はいよいよ赤くなって、時々鼻洟《はな》をすすりこむ音が、小さな息の切れる声と一しょに、せわしなく耳へはいって来る。これはもちろん私にも、いくぶんながら同情を惹《ひ》くに足るものには相違《そうい》なかった。しかし汽車が今まさに隧道《トンネル》の口へさしかかろうとしていることは、暮色《ぼしょく》の中に枯草《かれくさ》ばかり明るい両側の山腹《さんぷく》が、間近《まぢか》く窓側に迫《せま》って来たのでも、すぐに合点《がてん》の行くことであった。にもかかわらずこの小娘は、わざわざしめてある窓の戸を下ろそうとする、――その理由が私には呑《の》みこめなかった。いや、それが私には、単にこの小娘の気まぐれだとしか考えられなかった。だから私は腹の底に依然《いぜん》として険《けわ》しい感情を蓄《たくわ》えながら、あの霜焼《しもや》けの手が硝子戸《ガラスど》をもたげようとして悪戦苦闘《あくせんくとう》する容子《ようす》を、まるでそれが永久に成功しないことでも祈るような冷酷《れいこく》な眼《め》で眺《なが》めていた。するとまもなく凄《すさ》まじい音をはためかせて、汽車が隧道《トンネル》へなだれこむと同時に、小娘の開けようとした硝子戸《ガラスど》は、とうとうばたりと下へ落ちた。そうしてその四角な穴の中から、煤《すす》を溶《と》かしたようなどす黒《ぐろ》い空気が、にわかに息苦しい煙《けむり》になって、濛々《もうもう》と車内へ漲《みなぎ》りだした。元来咽喉《のど》を害《がい》していた私は、手巾《ハンケチ》を顔に当てる暇《ひま》さえなく、この煙を満面に浴《あ》びせられたおかげで、ほとんど息もつけないほど咳《せ》きこまなければならなかった。が、小娘は私に頓着《とんじやく》する気色《けしき》も見えず、窓から外へ首をのばして、闇《やみ》を吹く風に銀杏返《いちようがえ》しの鬢《びん》の毛をそよがせながら、じっと汽車の進む方向を見やっている。その姿を煤煙《ばいえん》と電灯の光との中に眺めた時、もう窓の外が見る見る明るくなって、そこから土の匂《にお》いや枯草の匂いや水の匂いが冷《ひや》やかに流れこんで来なかったなら、ようやく咳きやんだ私は、この見知らない小娘を頭ごなしに叱《しか》りつけてでも、また元の通り窓の戸をしめさせたのに相違なかったのである。

　しかし汽車はその時分《じぶん》には、もうやすやすと隧道《トンネル》をすべりぬけて、枯草《かれくさ》の山と山との間に挟《はさ》まれた、ある貧《まず》しい町はずれの踏切《ふみき》りに通りかかっていた。踏切りの近くには、いずれもみすぼらしい藁屋根《わらやね》や瓦屋根《かわらやね》がごみごみと狭苦《せまくる》しく建てこんで、踏切り番《ばん》が振るのであろう、ただ一旒《いちりゅう》＊4のうす白い旗がものうげに暮色《ぼしょく》を揺《ゆ》すっていた。やっと隧道《トンネル》を出たと思う――その時その蕭索《しょうさく》とした踏切りの柵《さく》の向こうに、私《わたくし》は頬《ほお》の赤い三人の男の子が、目白《めじろ》押《お》しに並《なら》んで立っているのを見た。彼らは皆《みな》、この曇天《どんてん》に押しすくめられたかと思うほど、揃《そろ》って背《せい》が低かった。そうしてまたこの町はずれの陰惨《いんさん》たる風物《ふうぶつ》と同じような色の着物を着ていた。それが汽車の通るのを仰《あお》ぎ見ながら、いっせいに手を挙《あ》げるが早いか、いたいけな喉《のど》を高く反《そ》らせて、何とも意味の分からない喊声《かんせい》を一生懸命《けんめい》に迸《ほとばし》らせた。するとその瞬間《しゅんかん》である。窓から半身《はんしん》を乗り出していた例の娘が、あの霜焼《しもや》けの手をつとのばして、勢《いきお》いよく左右に振ったと思うと、たちまち心を躍《おど》らすばかり暖かな日の色に染《そ》まっている蜜《み》柑《かん》がおよそ五つ六つ、汽車を見送った子供たちの上へばらばらと空から降って来た。私は思わず息を呑《の》んだ。そうして刹那《せつな》にいっさいを了解《りょうかい》した。小娘《こむすめ》は、おそらくはこれから奉《ほう》公先《こうさき》へ赴《おもむ》こうとしている小娘は、その懐《ふところ》に蔵《ぞう》していた幾顆《いくか》＊5の蜜柑を窓から投げて、わざわざ踏切りまで見送りに来た弟たちの労《ろう》に報《むく》いたのである。

　暮色《ぼしょく》を帯《お》びた町はずれの踏切《ふみき》りと、小鳥のように声を挙《あ》げた三人の子供たちと、そうしてその上に乱落《らんらく》する鮮《あざ》やかな蜜柑《みかん》の色と――すべては汽車の窓の外に、瞬《またた》く暇《ひま》もなく通り過ぎた。が、私《わたくし》の心の上には、切《せつ》ないほどはっきりと、この光景が焼きつけられた。そうしてそこから、ある得体《えたい》の知れない朗《ほが》らかな心もちが湧《わ》き上がって来るのを意識した。私は昂然《こうぜん》と頭を挙げて、まるで別人を見るようにあの小娘《こむすめ》を注視《ちゅうし》した。小娘はいつかもう私の前の席にかえって、あいかわらずひびだらけの頬《ほお》を萌黄色《もえぎいろ》の毛糸の襟巻《えりまき》に埋《うず》めながら、大きな風呂敷包《ふろしきづつ》みを抱《かか》えた手に、しっかりと三等切符《きっぷ》を握《にぎ》っている。……………………

私《わたくし》はこの時はじめて、いいようのない疲労《ひろう》と倦怠《けんたい》とを、そうしてまた不可解《ふかかい》な、下等《かとう》な、退屈《たいくつ》な人生をわずかに忘れることが出来たのである。

（一九一九年五月）

羅《ら》生《しょう》門《もん》

ある日の暮方《くれがた》のことである。一人の下人《げにん》*1が、羅生門《らしようもん》*2の下で雨《あま》やみを待っていた。
広い門の下には、この男のほかに誰《たれ》もいない。ただ、ところどころ丹塗《にぬり》の剥《は》げた、大きな円柱《まるばしら》に、蟋蟀《きりぎりす》*3が一匹とまっている。羅生門《らしようもん》が、朱雀大路《すざくおおじ》にある以上は、この男のほかにも、雨《あま》やみをする市女笠《いちめがさ》*4や揉烏帽子《もみえぼし》が、もう二、三人はありそうなものである。それが、この男のほかには誰もいない。

なぜかというと、この二、三年、京都には、地震《じしん》とか辻風《つじかぜ》とか火事とか饑饉《ききん》とかいう災《わざわ》いがつづいて起こった。そこで洛中《らくちゆう》のさびれ方は一通りではない。旧記《きゆうき》*5によると、仏像や仏具《ぶつぐ》を打ち砕《くだ》いて、その丹《に》がついたり、金銀の箔《はく》がついたりした木を、路《みち》ばたにつみ重ねて、薪《たきぎ》の料《しろ》*6に売っていたということである。洛中がその始末《しまつ》であるから、羅生門《らしようもん》の修理《しゆり》などは、もとより誰《たれ》も捨《す》てて顧《かえり》みる者がなかった。するとその荒《あ》れ果てたのをよいことにして、狐狸《こり》が棲《す》む。盗人《ぬすびと》が棲む。とうとうしまいには、引き取り手のない死人《しにん》を、この門へ持って来て、棄《す》てて行くという習慣《しゆうかん》さえ出来た。そこで、日の目が見えなくなると、誰でも気味《きみ》を悪がって、この門の近所へは足ぶみをしないことになってしまったのである。

その代わりまた鴉《からす》がどこからか、たくさん集まって来た。昼間見ると、その鴉が何羽《なんば》となく輪《わ》を描《えが》いて、高い鴟尾《しび》*7のまわりを啼《な》きながら、飛びまわっている。殊《こと》に門の上の空が、夕焼けであかくなる時には、それが胡麻《ごま》をまいたようにはっきり見えた。鴉は、もちろん、門の上にある死人《しにん》の肉を、ついばみに来るのである。――もっとも今日《きょう》は、刻限《こくげん》が遅いせいか、一羽も見えない。ただ、ところどころ、崩《くず》れかかった、そうしてその崩れ目に長い草のはえた石段の上に、鴉の糞《ふん》が、点々と白くこびりついているのが見える。下人《げにん》は七段ある石段の一番上の段に、洗いざらした紺《こん》の襖《あお》の尻《しり》を据《す》えて、右の頰《ほお》に出来た、大きな面皰《にきび》を気にしながら、ぼんやり、雨のふるのを眺《なが》めていた。

作者はさっき、「下人《げにん》が雨《あま》やみを待っていた」と書いた。しかし、下人は雨がやんでも、格別どうしようというあてはない。ふだんなら、もちろん、主人の家へ帰るべきはずである。ところがその主人からは、四、五日前に暇《ひま》を出された。前にも書いたように、当時京都の町は一通りならず衰微《すいび》していた。今この下人が、永年《ながねん》、使われていた主人から、暇を出されたのも、実はこの衰微の小さな余波《よは》にほかならない。だから「下人が雨やみを待っていた」というよりも「雨にふりこめられた下人が、行き所がなくて、途方《とほう》にくれていた」という方が、適当である。そのうえ、今日の空模様《そらもよう》も少なからず、この平安朝《へいあんちょう》の下人の Sentimentalisme*8 に影響《えいきょう》した。申《さる》の刻下《こくさ》*9がりからふりだした雨は、いまだに上がるけしきがない。そこで、下人は、何をおいてもさしあたり明日《あす》の暮らしをどうにかしようとして――いわばどうにもならないことを、どうにかしようとして、とりとめもない考えをたどりながら、さっきから朱雀大路《すざくおおじ》にふる雨の音を、聞くともなく聞いていたのである。

雨は、羅生門《らしょうもん》をつつんで、遠くから、ざあっという音をあつめて来る。夕闇《ゆうやみ》はしだいに空を低くして、見上げると、門の屋根が、斜《なな》めにつき出した甍《いらか》の先に、重たくうす暗い雲を支《ささ》えている。

どうにもならないことを、どうにかするためには、手段を選んでいるいとまはない。選んでいれば、築土《ついじ》*10の下か、道ばたの土の上で、饑死《うえじに》をするばかりである。そうして、この門の上へ持って来て、犬のように棄《す》てられてしまうばかりである。選ばないとすれば――下人《げにん》の考えは、何度も同じ道を低徊《ていかい》した揚句《あげく》に、やっとこの局所《きょくしょ》へ逢着《ほうちゃく》した。しかしこの「すれば」は、いつまでたっても、結局「すれば」であった。下人は、手段を選ばないということを肯定《こうてい》しながらも、この「すれば」のかたをつけるために、当然、その後に来《きた》るべき「盗人《ぬすびと》になるよりほかにしかたがない」ということを、積極的《せっきょく》に肯定するだけの、勇《ゆう》気《き》が出ずにいたのである。

下人《げにん》は、大きな嚔《くさめ》をして、それから、大儀《たいぎ》そうに立ち上がった。夕冷《ゆうび》えのする京都は、もう火桶《ひおけ》が欲しいほどの寒《さむ》さである。風は門の柱《はしら》と柱との間を、夕闇《ゆうやみ》とともに遠慮《えんりょ》なく、吹きぬける。丹塗《にぬり》の柱にとまっていた蟋蟀《きりぎりす》も、もうどこかへ行ってしまった。

下人《げにん》は、頸《くび》をちぢめながら、山吹《やまぶき》の汗衫《かざみ》＊11に重ねた、紺《こん》の襖《あお》の肩を高くして、門のまわりを見まわした。雨風の患《うれ》えのない、人目にかかる惧《おそ》れのない、一晩《ひとばん》楽にねられそうな所があれば、そこでともかくも、夜を明かそうと思ったからである。すると、幸《さいわ》い門の上の楼《ろう》へ上る、幅《はば》の広い、これも丹《に》を塗《ぬ》った梯子《はしご》が眼《め》についた。上なら、人がいたにしても、どうせ死人《しにん》ばかりである。下人はそこで、腰にさげた聖柄《ひじりづか》＊12の太刀《たち》が鞘走《さやばし》らないように気をつけながら、藁草履《わらぞうり》をはいた足を、その梯子の一番下の段へふみかけた。

それから、何分かの後《のち》である。羅生門《らしょうもん》の楼《ろう》の上へ出る、幅《はば》の広い梯子《はしご》の中段に、一人の男が、猫《ねこ》のように身をちぢめて、息を殺しながら、上の容子《ようす》を窺《うかが》っていた。楼の上からさす火の光が、かすかに、その男の右の頬《ほお》をぬらしている。短い鬚《ひげ》の中に、赤く膿《うみ》を持った面皰《にきび》のある頬である。下人は、始めから、この上にいる者は、死人《しにん》ばかりだと高《たか》を括《くく》っていた。それが、梯子を二、三段上って見ると、上では誰《たれ》か火をとぼして、しかもその火をそこここと、動かしているらしい。これは、その濁《にご》った、黄いろい光が、隅々《すみずみ》に蜘蛛《くも》の巣《す》をかけた天井裏《てんじょううら》に、揺《ゆ》れながら映《うつ》ったので、すぐにそれと知れたのである。この雨の夜に、この羅生門の上で、火をともしているからは、どうせただの者ではない。

下人《げにん》は、守宮《やもり》のように足音をぬすんで、やっと急な梯子《はしご》を、一番上の段まで這《は》うようにして上りつめた。そうして体を出来るだけ、平《たい》らにしながら、頸《くび》を出来るだけ、前へ出して、恐《おそ》る恐る、楼の内を覗《のぞ》いて見た。

見ると、楼の内には、噂《うわさ》に聞いた通り、いくつかの屍骸《しがい》が、無造作《むぞうさ》に棄《す》ててあるが、火の光の及《およ》ぶ範囲《はんい》が、思ったより狭《せま》いので、数はいくつともわからない。ただ、おぼろげながら、知れるのは、その中に裸《はだか》の屍骸と、着物を着た屍骸とがあるということである。もちろん、中には女も男もまじっているらしい。そうして、その屍骸は皆《みな》、それが、かつて、生きていた人間だという事実さえ疑《うたが》われるほど、土をこねて造《つく》った人形のように、口を開《あ》いたり手を延ばしたりして、ごろごろ床《ゆか》の上にころがっていた。しかも、肩とか胸とかの高くなっている部分に、ぼんやりした火の光をうけて、低くなっている部分の影《かげ》をいっそう暗くしながら、永久におしのごとく黙《だま》っていた。

下人《げにん》は、それらの屍骸《しがい》の腐爛《ふらん》した臭気《しゅうき》に思わず、鼻をおおった。しかし、その手は、次の瞬間《しゅんかん》には、もう鼻をおおうことを忘れていた。ある強い感情が、ほとんどことごとくこの男の嗅覚《きゅうかく》を奪《うば》ってしまったからだ。

下人《げにん》の眼《め》は、その時、はじめて、その屍骸《しがい》の中にうずくまっている人間を見た。檜皮色《ひわだいろ》の着物を着た、背の低い、痩《や》せた、白髪頭《しらがあたま》の、猿《さる》のような老婆《ろうば》である。その老婆は、右の手に火をともした松の木片《きぎれ》を持って、その屍骸の一つの顔を覗《のぞ》きこむように眺《なが》めていた。髪の毛の長いところを見ると、たぶん女の屍骸であろう。

下人《げにん》は、六分《ぶ》の恐怖《きょうふ》と四分の好奇心《こうきしん》とに動かされて、暫時《ざんじ》は呼吸《いき》をするのさえ忘れていた。旧記《きゅうき》の記者の語を借りれば、「頭身《とうしん》の毛も太る」[*13]ように感じたのである。すると老婆《ろうば》は、松《まつ》の木片《きぎれ》を、床板《ゆかいた》の間に挿《さ》して、それから、今まで眺《なが》めていた屍骸《しがい》の首に両手をかけると、ちょうど、猿《さる》の親が猿の子の虱《しらみ》をとるように、その長い髪の毛を一本ずつ抜《ぬ》きはじめた。髪は手に従って抜けるらしい。

その髪の毛が、一本ずつ抜《ぬ》けるのにしたがって、下人《げにん》の心からは、恐怖《きょうふ》が少しずつ消えて行った。そうして、それと同時に、この老婆《ろうば》に対するはげしい憎悪《ぞうお》が、少しずつ動いて来た。――いや、この老婆に対するといっては、語弊《ごへい》があるかも知れない。むしろ、あらゆる悪に対する反感が、一分ごとに強さを増《ま》して来たのである。この時、誰《たれ》かがこの下人に、さっき門の下でこの男が考えていた、饑死《うえじに》をするか盗人《ぬすびと》になるかという問題を、改《あらた》めて持ち出したら、おそらく下人は、何の未練《みれん》もなく、饑死を選んだことであろう。それほど、この男の悪を憎《にく》む心は、老婆の床《ゆか》に挿《さ》した松《まつ》の木片《きぎれ》のように、勢《いきお》いよく燃え上がり出していたのである。

下人《げにん》には、もちろん、なぜ老婆《ろうば》が死人《しにん》の髪の毛を抜《ぬ》くかわからなかった。したがって、合理的には、それを善悪《ぜんあく》のいずれに片づけてよいか知らなかった。しかし下人にとっては、この雨の夜に、この羅生門《らしょうもん》の上で、死人の髪の毛を抜くということが、それだけですでに許《ゆる》すべからざる悪であった。もちろん、下人は、さっきまで自分が、盗人《ぬすびと》になる気でいたことなぞは、とうに忘れているのである。

そこで、下人《げにん》は、両足に力を入れて、いきなり、梯子《はしご》から上へ飛び上がった。そうして聖柄《ひじりづか》の太刀《たち》に手をかけながら、大股《おおまた》に老婆《ろうば》の前へ歩《あゆ》みよった。老婆が驚いたのはいうまでもない。

老婆《ろうば》は、一目下人《げにん》を見ると、まるで弩《いしゆみ》にでも弾《はじ》かれたように、飛び上がった。

「おのれ、どこへ行く。」

下人《げにん》は、老婆《ろうば》が屍骸《しがい》につまずきながら、慌《あわ》てふためいて逃げようとする行手《ゆくて》を塞《ふさ》いで、こう罵《ののし》った。老婆は、それでも下人をつきのけて行こうとする。下人はまた、それを行かすまいとして、押しもどす。二人は屍骸の中で、しばらく、無言のまま、つかみ合った。しかし勝敗は、はじめから、わかっている。下人はとうとう、老婆の腕をつかんで、無理にそこへねじ倒した。ちょうど、鶏《とり》の脚《あし》のような、骨と皮ばかりの腕である。

「何をしていた。いえ。いわぬと、これだぞよ。」

下人《げにん》は、老婆《ろうば》をつき放《はな》すと、いきなり、太刀《たち》の鞘《さや》を払って、白い鋼《はがね》の色をその眼《め》の前へつきつけた。けれども、老婆は黙《だま》っている。両手をわなわなふるわせて、肩で息を切りながら、眼《め》を、眼球《がんきゅう》が眶《まぶた》の外へ出そうになるほど、見開いて、おしのように執拗《しゅうね》く黙っている。これを見ると、下人ははじめて明白《めいはく》にこの老婆の生死が、全然、自分の意志に支配されているということを意識した。そうしてこの意識は、今までけわしく燃えていた憎悪《ぞうお》の心を、いつのまにか冷《さ》ましてしまった。後に残ったのは、ただ、ある仕事をして、それが円満に成就《じょうじゅ》した時の、安らかな得意《とくい》と満足とがあるばかりである。そこで、下人は、老婆を、見下ろしながら、少し声を柔《やわ》らげてこういった。

「おれは検非違使《けびいし》の庁《ちょう》＊14の役人などではない。今しがたこの門の下を通りかかった旅の者だ。だからお前に縄《なわ》をかけて、どうしようというようなことはない。ただ今時分《いまじぶん》、この門の上で、何をしていたのだか、それをおれに話しさえすればいいのだ。」

すると、老婆《ろうば》は、見開いていた眼《め》を、いっそう大きくして、じっとその下人《げにん》の顔を見守った。瞼《まぶた》の赤くなった、肉食鳥《にくしょくちょう》のような、鋭《するど》い眼で見たのである。それから、皺《しわ》で、ほとんど、鼻と一つになった唇《くちびる》を、何か物でも嚙《か》んでいるように動かした。細い喉《のど》で、尖《とが》った喉仏《のどぼとけ》の動いているのが見える。その時、その喉から、鴉《からす》の啼《な》くような声が、喘《あえ》ぎ喘ぎ、下人の耳へ伝わって来た。

「この髪を抜《ぬ》いてな、この髪を抜いてな、鬘《かつら》にしょうと思うたのじゃ。」

下人《げにん》は、老婆《ろうば》の答えが存外《ぞんがい》、平凡《へいぼん》なのに失望した。そうして失望すると同時に、また前の憎悪《ぞうお》が、冷《ひや》やかな侮蔑《ぶべつ》と一しょに、心の中へはいって来た。すると、その気色《けしき》が、先方《せんぽう》へも通じたのであろう。老婆は、片手に、まだ屍骸《しがい》の頭から奪《と》った長い抜《ぬ》け毛《げ》を持ったなり、蟇《ひき》*15のつぶやくような声で、口ごもりながら、こんなことをいった。

「なるほどな、死人《しびと》の髪の毛を抜《ぬ》くということは、なんぼう悪いことかも知れぬ。じゃが、ここにいる死人《しにん》どもは、皆《みな》、そのくらいなことを、されてもいい人間ばかりだぞよ。現在、わしが今、髪を抜いた女などはな、蛇《へび》を四寸《しすん》ばかりずつに切って干したのを、干魚《ほしうお》だというて、太刀帯《たてわき》の陣《じん》*16へ売りに往《い》んだわ。疫病《えやみ》にかかって死ななんだら、今でも売りに往んでいたことであろ。それもよ、この女の売る干魚は、味がよいというて、太刀帯どもが、欠かさず菜料《さいりょう》に買っていたそうな。わしは、この女のしたことが悪いとは思うていぬ。せねば、饑死《うえじに》をするのじゃて、しかたがなくしたことであろ。されば、今また、わしのしていたことも悪いこととは思わぬよ。これとてもやはりせねば、饑死をするじゃて、しかたがなくすることじゃわいの。じゃて、そのしかたがないことを、よく知っていたこの女は、おおかたわしのすることも大目に見てくれるであろ。」

老婆《ろうば》は、だいたいこんな意味のことをいった。

下人《げにん》は、太刀《たち》を鞘《さや》におさめて、その太刀の柄《つか》を左の手でおさえながら、冷然《れいぜん》として、この話を聞いていた。もちろん、右の手では、赤く頰《ほお》に膿《うみ》を持った大きな面皰《にきび》を気にしながら、聞いているのである。しかし、これを聞いているうちに、下人の心には、ある勇気《ゆうき》が生まれて来た。それは、さっき門の下で、この男には欠けていた勇気である。そうして、またさっきこの門の上へ上がって、この老婆《ろうば》を捕《とら》えた時の勇気とは、全然、反対な方向に動こうとする勇気である。下人は、饑死《うえじに》をするか盗人《ぬすびと》になるかに、迷《まよ》わなかったばかりではない。その時のこの男の心もちからいえば、饑死などということは、ほとんど、考えることさえ出来ないほど、意識の外に追い出されていた。

「きっと、そうか。」

老婆《ろうば》の話がおわると、下人《げにん》は嘲《あざけ》るような声で念を押した。そうして、一足前へ出ると、ふいに右の手を面皰《にきび》から離《はな》して、老婆の襟上《えりがみ》をつかみながら、嚙《か》みつくようにこういった。

「では、おれが引《ひ》剝《はぎ》*17をしようと恨《うら》むまいな。おれもそうしなければ、饑死《うえじに》をする体なのだ。」

下人《げにん》は、すばやく、老婆《ろうば》の着物を剝《は》ぎとった。それから、足にしがみつこうとする老婆を、手《て》荒《あら》く屍《し》骸《がい》の上へ蹴《け》倒《たお》した。梯子《はしご》の口までは、わずかに五歩を数えるばかりである。下人は、剝ぎとった檜《ひ》皮色《わだいろ》の着物をわきにかかえて、またたくまに急な梯子を夜の底へかけ下りた。

しばらく、死んだように倒れていた老婆《ろうば》が、屍《し》骸《がい》の中から、その裸《はだか》の体を起こしたのは、それからまもなくのことである。老婆は、つぶやくような、うめくような声を立てながら、まだ燃えている火の光をたよりに、梯子《はしご》の口まで、這《は》って行った。そうして、そこから、短い白髪《しらが》をさかさまにして、門の下を覗《のぞ》きこんだ。外には、ただ、黒洞々《こくとうとう》たる夜[*18]があるばかりである。

下人《げにん》の行方《ゆくえ》は、誰《たれ》も知らない。

（一九一五年十一月）

【語註】

鼻

＊1**禅智内供**　この作品は、『今昔物語集』巻二八「池尾禅珍内供鼻語」、『宇治拾遺物語』巻二「鼻長き僧の事」などに拠り、登場人物もそれになぞらえられている。内供は内供奉《ないぐぶ》（＊4）の略。

＊2**五、六寸**　約十五～十八センチメートル。一寸は約三・〇三センチメートル。

＊3**沙弥**　仏門に入ったばかりで修行の未熟な僧。

＊4**内道場供奉**　宮中の内道場（仏事の堂宇）に奉仕する、学徳兼備の僧。全国から十名の高僧が選ばれた。

＊5**当来**　来るべき世。来世。

＊6**鋺**　金属でできたおわん。

＊7**二尺**　約六十センチメートル。一尺は約三〇・三センチメートル。

＊8**中童子**　寺で給仕や雑用に召し使う十二、三歳の少年。

＊9**僧供講説**　僧供は、僧に対する供養、供物。講説は、経典などについて講義・解説すること。

＊10**紺の水干も、白の帷子も**　水干は狩衣の一種で、下級官の服。帷子は絹や麻で作った、裏をつけないひとえの衣服。

＊11**柑子色の帽子や、椎鈍の法衣**　柑子色は赤みをおびた黄色で、僧の帽子の色。椎鈍は椎の樹皮から採った染料で染めた薄墨色で、法服の色。

＊12**内典外典**　仏教用語で、内典は仏教の経典、外典はそれ以外の書物。

＊13**目連や、舎利弗**　いずれも釈迦の十大弟子の一人。目犍連《もくけんれん》は神通《じんずう》第一といわれ、舎利弗は智慧《ちえ》第一といわれた。

＊14**龍樹**　二～三世紀頃の南インドのバラモン出身の僧。インド大乗仏教中観派の祖。ナーガールジュナ。

＊15**馬鳴**　二世紀頃のインドの仏教詩人。仏教文学・仏教音楽の確立に尽力。アシュヴァゴーシャ。

＊16**菩薩**　仏道で、さとりを求めて修行を重ねる人。
＊17**震旦**　中国の別称。
＊18**蜀漢の劉玄徳**　蜀漢は中国三国時代の国の一つ。劉（劉備《りゅうび》）玄徳は蜀漢を創立した初代皇帝（一六一～二二三）。
＊19**提**　銚子の一種。銀や錫《すず》製で、つると注ぎ口のある小鍋形、湯や酒を入れて運んだり温めたりするもの。
＊20**折敷**　四方に折り上げた形の縁のついた角盆。
＊21**四分**　約十二ミリ。一分は約〇・三ミリメートル。
＊22**残喘を保って**　残りすくない命を、なんとか生きながらえての意。
＊23**下法師**　身分の低い僧。大僧の雑役に使われる。
＊24**普賢の画像**　普賢（普賢菩薩《ぼさつ》）は、白い象に乗って釈迦の右側に描かれることが多く、画像には象の長い鼻を含むと考えられる。
＊25**法慳貪**　仏法をたやすく伝授しないこと。慳貪は、欲が深くけちでいじわるなこと。
＊26**風鐸**　仏塔の軒の四隅につるされた、小さな鐘形の風鈴。
＊27**九輪**　仏塔の頂上にある装飾の、九つの輪の部分。
＊28**蔀**　格子組をつけた板戸。軒の日よけや風雨よけなどに、上部のちょうつがいで開閉した。

芋粥

＊1**元慶の末か、仁和の始め**　元慶（八七七～八八五、がんぎょうとも）、仁和（八八五～八八九）は平安前期の年号。
＊2**五位**　朝廷の官人の地位の一つ。位階の五番目で、昇殿を許される者の最下位。
＊3**旧記**　この作品の典拠としての『今昔物語』巻二六「利仁将軍若時従京敦盛将行五位語」、または『宇治拾遺物語』巻一「利仁薯蕷粥の事」をさす。

＊4**侍所**　院・親王家・摂関家などで、事務や警護にたずさわった侍の詰め所。
＊5**別当**　院・親王家・摂関家などの政所《まんどころ》の長官。
＊6**興言利口**　即興の巧みな弁舌。
＊7**品隲**　品評。品さだめ。
＊8**篠枝**　小さい竹筒。酒や水を携帯するための水筒。
＊9**指貫**　狩衣・直衣《なおし》などを着たときに着用する袴の一種。すそをひもでさし貫き、くるぶしの上でくくる。
＊10**丸組の緒や菊綴**　水干のえりの前後のかけあわせを結び留める丸い組紐と、縫いあわせ目がほころびないよう綴じつけ、先をほぐして菊の花のようにした紐。
＊11**三条坊門**　京の二条大路と三条大路の間を東西に走る小路。
＊12**神泉苑**　平安京大内裏の南東に造られた庭園。
＊13**こまつぶり**　独楽《こま》の古名。
＊14**べっかっこう**　あっかんべー（赤んべい）のこと。
＊15**甘葛**　つる草の一種。煮詰めて甘味料として使われた。
＊16**万乗の君**　天皇。一万台の兵車を出せるほど広い国土を持つ君の意。
＊17**臨時の客**　正月の始めに、摂政・関白・大臣家で公卿をまねいて行なった宴会。
＊18**第**　やしき。邸宅。
＊19**残肴の招伴**　残肴は酒宴の残りもの。招伴は「相伴」と同じく、ほかの人に便乗して飲み食いすること。
＊20**取食み**　饗宴の残りものを庭などに投げ、下人などが取って食べること。
＊21**伏菟**　餅を油で揚げたもの。
＊22**楚割**　魚肉を細くさいて干したもの。すわやり。

＊23**鮭の内子**　塩引き鮭の腹の中に、その卵（すじこ）を塩漬けにしていれたもの。子籠《こごもり》鮭。
＊24**大柑子、小柑子、橘**　大柑子は夏みかんの一種、小柑子はみかん、橘はこうじみかん。
＊25**恪勤**　院・親王・大臣家などの雑役をつとめる侍。
＊26**黒酒**　白酒《しろき》（あまざけ）にクサギの焼き灰を入れて黒くした酒。新嘗祭《にいなめさい》などで白酒と組み合わせて神前に供された。
＊27**橙黄橘紅**　橙黄は黄色く熟しただいだいの実。橘紅は紅くなったみかん。
＊28**窪坏や高坏**　坏は器で、皿より深く碗より浅いもの。窪坏はくぼんだ坏、高坏は裏側の中央に脚をつけたもの。
＊29**朔北**　北の地。利仁の住む敦賀は北陸にある。
＊30**行縢の片皮**　行縢は騎馬の際に腰につけて垂らし、袴の前面にあてるおおい。鹿・熊などの毛皮で作るため、一方を片皮という。
＊31**縹**　はなだ色。薄い藍のような色。
＊32**鬢ぐき**　頭の左右側面の耳ぎわの毛すじ。
＊33**前のは月毛、後のは蘆毛**　月毛は、トキ（鴇《つき》）の羽のように赤みをおびた白い毛色の馬。蘆毛は、白毛の地に褐色や黒の毛がまじった馬。
＊34**調度掛と舎人**　調度掛は、主人の外出に弓矢を持って従う役。舎人は、馬の口取りなどをする身分の低い者。
＊35**潺湲たる**　水がさらさらと流れるさま、また、その音。
＊36**あなた**　ある所から向こうのほう。あちら。
＊37**的皪**　白くあざやかに光り輝く様子。
＊38**近江の湖**　琵琶《びわこ》湖のこと。
＊39**壺胡籙**　矢を入れて携帯する筒形のいれもの。
＊40**黄茅**　黄色く枯れた茅《ちがや》。

＊41**巳時**　午前十時。
＊42**広量**　荒涼、広漠として頼りないの意。
＊43**頤使する**　あごで使う。高慢な態度で人に指図する。
＊44**なぞえ**　すじかい。ななめに交差していること。
＊45**蹲踞**　うずくまり、頭を垂れる敬礼の一つ。
＊46**檜皮色**　黒みがかった赤紫色。
＊47**破籠**　白木で折り箱のように作った弁当箱。中に仕切りをし、ふたをかぶせる。
＊48**戌時**　午後八時ごろ。
＊49**切灯台**　上に油皿をのせ火をともす室内用照明具。下の台の部分が、四角の四隅を切った形になっている。
＊50**雀色時**　夕暮れ。たそがれどき。空がスズメの羽のような赤茶色に見えることから。
＊51**長櫃**　長方形のいろり。また、角火ばち。
＊52**直垂**　えりと袖のついた夜具。ひたたれぶすま。
＊53**練色の衣**　わずかに黄色がかった白いころも。
＊54**曹司**　宮中や官庁内に設けられた官吏・女官の用部屋。ぞうし。
＊55**卯時**　午前六時ごろ。
＊56**五斛納釜**　一斛《こく》は一石と同じで、五石（約九百リットル）入る大釜。
＊57**襖**　袷《あわせ》のころも。わたいれ。
＊58**あまずらみせん**　甘葛《あまずら》を煎じた、甘味料となる汁。
＊59**一斗**　約十八リットル。
＊60**蓬々然として**　蒸気や煙がさかんに立ちのぼるようす。

蜘蛛の糸

＊1お釈迦さま　釈迦牟尼《むに》。仏教の開祖。紀元前五世紀ごろ、インドの王族に生まれ、二十九歳で出家、三十五歳で悟りに達した。
＊2極楽　阿弥陀仏のいる浄土《じょうど》。この世の西方十万億土のかなたにあり、苦悩のない安楽な世界で、念仏を唱える者は死後ここに生まれるという。
＊3蕊　花のおしべとめしべ。
＊4地獄　この世で悪事を行なった者が死後に報いを受ける所。閻魔大王が罪を裁き、獄卒の鬼が刑罰を与える。八大地獄・八寒地獄など多くの地獄があるという。
＊5何万里　一万里は約三万九千キロメートル。途方もなく遠く、の意。

杜子春

＊1杜子春　この作品のもととなった中国の神仙小説「杜子春伝」の主人公。
＊2玄宗皇帝　唐の第六代皇帝。晩年楊貴妃《ようきひ》を寵愛して国をみだした。（六八五～七六二）
＊3蘭陵の酒　江蘇省にある蘭陵で産する酒。蘭陵美酒として有名。
＊4桂州の竜眼肉　竜眼肉はムクロジ科の常緑高木の果実、またその種子。球形の果実はライチに似て果肉は無色半透明のゼリー状、黒い種子が竜の目のように見えることから。江西省桂州に産する。
＊5天竺　インドの古称。
＊6峨眉山　四川省西部、大雪《だいせつ》山脈にそびえる山。仏教の霊場で、景勝の地としても知られる。
＊7朝に北海に遊び……飛過す洞庭湖　朝は北の渤海《ぼっかい》で遊び、夕方には南の蒼梧（湖南省の山）にいる。袖の中に青蛇

をしのばせ、気分は雄大だ。三度、岳陽の町へ来たことがあるのを、誰も気付かない。高らかに詩をうたいつつ、洞庭湖の上を飛び過ぎる。

＊8**西王母**　中国神話・伝説の重要な女神。

＊9**半時**　一時《いっとき》の半分、約一時間。

＊10**三丈**　約九メートル。一丈は約三・〇三メートル。

＊11**眼を嗔らせて**　目をむいてにらみつけて。

＊12**笏**　束帯《そくたい》着用の際、右手に持つ細長い一尺（約三十センチ）ほどの板。ここでは鉄製。

＊13**畜生道**　悪業のむくいによって鳥や獣の姿にかえられて苦しむ所。

＊14**泰山**　中国山東省の北にある山。

トロッコ

＊1**軽便鉄道敷設**　一般の鉄道より小規模で、レールの幅が狭く、機関車・車両も小型の鉄道線路を敷くこと。

＊2**トロッコ**　土木工事用の四輪台車。軽便鉄道の線路にのる手押し車。

＊3**十間**　約十八メートル。一間は約一・八メートル。

＊4**五、六町**　約五〜六百メートル。一町は約一〇九メートル。

＊5**日金山**　熱海市の西北の山。

＊6**校正の朱筆**　印刷する前の試し刷りを原稿とつきあわせて、文字の誤りや文章の不備を正す赤色のペンなど。

＊7**塵労**　世間のわずらわしい苦労。

蜜柑

＊1日和下駄　日和のいい晴れた日にはく歯の低い下駄。
＊2赤帽　駅で乗降客の荷物を運ぶ職業の人。赤い帽子をかぶっている。
＊3講和問題　一九一九年一月からパリで行われた第一次世界大戦の講和会議の問題。
＊4一旒　「旒」は旗を数える語。一本。
＊5幾顆　「顆」は玉のように丸いものを数える語。いくつか、数個。

羅生門

＊1下人　身分の低い者。平安時代以降、荘官・地頭などに使役され、売買・譲渡・質入れ・相続の対象となった。
＊2羅生門　平安京・平城京の朱雀大路南端にある正門。北端の朱雀門と相対する。羅城門《らじょうもん》。
＊3蟋蟀　コオロギの古名。
＊4市女笠　菅《すげ》などで凸型に編み、頂部が高くつきだした漆塗りの笠。
＊5旧記　この作品は『今昔物語集』巻二九「羅城門登上層見死人盗人話」と巻三一「太刀帯陣売魚嫗語」に拠るが、ここでの「旧記」は鴨長明『方丈記』の記述を指すとされる。
＊6薪の料　たきぎの代わりの材料。
＊7鴟尾　建物の棟の両端につける、魚の尾の形の飾り。
＊8Sentimentalisme　センチメンタリズム。感情におぼれること、感傷主義。
＊9申の刻下がり　申の刻（午後四時）を過ぎたころ、または申の刻の後半（午後三～五時のうちの後半一時間）。
＊10築土　土で作った垣根、土塀。築地《ついじ》。

＊11**山吹の汗衫**　山吹は山吹色、こがね色。汗衫は汗取り用のひとえの下着。
＊12**聖柄**　鮫皮《さめがわ》などをかけない木地のままの刀の柄。
＊13**頭身の毛も太る**　恐ろしさに髪の毛がさかだつさま。ここでの「旧記」は『今昔物語集』巻二七「近江国安義橋鬼噉人語」に拠るとされる。
＊14**検非違使の庁**　京の犯罪・風俗を取り締まる役所。
＊15**蟇**　ひきがえる。
＊16**太刀帯の陣**　刀を帯びて皇太子の護衛にあたる武官たちの詰め所。
＊17**引剝**　ひきはぎ。通行人を襲い、持ち物や衣服を奪うこと。おいはぎ。
＊18**黒洞々たる**　暗く奥深いさま。

略年譜

一八九二（明治25）
三月一日、東京市京橋区入船町に、父新原敏三、母フクの長男として生まれる。父敏三は牛乳販売業耕牧舎を営んでいた。生後八カ月、母フクが精神を病み、本所小泉町に住むフクの兄芥川道章に預けられる。

一八九八（明治31）六歳
四月、江東尋常小学校に入学。

一九〇二（明治35）十歳
四月ごろから同級生と回覧雑誌〈日の出界〉を始める。十一月二十八日、実母フクが死去（享年四十四歳）。

一九〇四（明治37）十二歳
八月、芥川家と正式に養子縁組を結ぶ。

一九〇五（明治38）十三歳
三月、江東小学校高等科三年を修了。四月、東京府立第三中学校に入学。

一九一〇（明治43）十八歳
三月、東京府立第三中学校を卒業。成績優秀のため、九月、第一高等学校第一部乙類に推薦入学。同級に菊池寛、久米正雄、松岡譲、山本有三らがいた。

一九一一（明治44）十九歳
本郷の第一高等学校の寄宿寮に入り、一年間の寮生活を送る。

一九一三（大正2）二十一歳
七月、第一高等学校卒業。九月、東京帝国大学英文科に入学。

一九一四（大正3）二十二歳
二月、山本有三、久米正雄、菊池寛、松岡譲らと第三次〈新思潮〉を発刊。五月、処女小説「老年」を〈新思潮〉に発表。

一九一五（大正4）二十三歳
十一月、〈帝国文学〉に「羅生門」を発表。十二月、漱石山房の木曜会に出席し、以後漱石門下生となる。

一九一六（大正5）二十四歳
二月、久米正雄、松岡譲、菊池寛らと、第四次〈新思潮〉を発刊。創刊号に掲載した「鼻」が漱石に激賞される。七月、東京帝大卒業。九月、「芋粥」を〈新小説〉に発表。十二月、横須賀の海軍機関学校の教授嘱託となり、鎌倉に下宿。同月九日、夏目漱石死去。

一九一七（大正6）
二十五歳
五月、第一短編小説集『羅生門』を阿蘭陀書房から刊行。九月、横須賀市に転居。十月から十一月にかけて、「戯作三昧」を〈大阪毎日新聞〉に連載。

一九一八（大正7）
二十六歳
二月二日、塚本文と結婚。同月、大阪毎日新聞社と社友契約を結び、五月、契約第一作「地獄変」を〈大阪毎日新聞〉および〈東京日日新聞〉に連載。七月、「蜘蛛の糸」を〈赤い鳥〉創刊号に発表。同月『鼻』を春陽堂から刊行。九月、「奉教人の死」を〈三田文学〉に発表。

一九一九（大正8）
二十八歳
三月、実父敏三死去（享年六十八歳）。同月、海軍機関学校教授を辞し、専属作家の待遇で大阪毎日新聞社社員となる。

一九二〇（大正9）
二十八歳
四月（戸籍は三月）、長男比呂志誕生。七月、「南京の基督」を〈中央公論〉に発表。

一九二一（大正10）
二十九歳
三月、大阪毎日新聞社の海外視察員として中国に赴く。中国各地を巡り、七月末に帰国。体調がすぐれず、さまざまな病に悩まされるようになる。

一九二二（大正11）
三十歳
一月、「藪の中」を〈新潮〉に発表。十一月、次男多加志誕生。このころから健康状態が悪化し、執筆も衰えがちとなる。

一九二三（大正12）
三十一歳
一月、菊池寛が創刊した〈文藝春秋〉に「侏儒の言葉」を連載（一九二五年完）。

一九二四（大正13）
三十二歳
一月、「一塊の土」を〈新潮〉に発表。

一九二五（大正14）
三十三歳
四月、新潮社から「現代小説全集」の第一巻として「芥川龍之介集」を刊行。七月、三男也寸志誕生。出版社間の紛争に巻き込まれ、心労を深める。

一九二六
（大正15・昭和元年）
三十四歳
神経衰弱が昂じて不眠症に陥るなど健康状態が悪化し、療養のため湯河原に滞在。

一九二七（昭和2）
三月、「河童」を〈改造〉に発表。七月二十四日未明、睡眠薬により自殺。遺書・遺稿が多数残された。享年三十五歳。

皮肉と情熱

三浦しをん

芥川龍之介の作品をはじめて読んだのは、たしか小学生のころだったと思う。尋常ならざる大きさの鼻や、ほんのり甘いのだろう芋粥《いもがゆ》の味や、トロッコで思いがけず遠出してしまった少年の冒険に、心が躍った。なんて楽しいんだろうと、次から次に短編を読んだ。すべての漢字にふりがながふってあるわけではなかったから、読めない部分もいっぱいあったけれど、それでも夢中になってしまう魅力に満ちていた。

長じてから、ふと、「芥川龍之介の短編って、なんだか説教くさくないか?」という疑念に取りつかれた。『鼻』は、結局は「きみは世界に一人だけの存在で、だからこそ、そのままのきみがいい」という、怠惰と紙一重の思考停止系個性礼賛話、『芋粥』は、「過ぎたるは及ばざるがごとし。足るを知れ」という、余計なお世話系清貧強要話、『トロッコ』は、「なんだかんだで、両親と暮らした子ども時代が一番幸せだったよね」という、現状否定系懐古話なのではないか。

そんな思いが生じ、もう十年以上、芥川龍之介の作品をまともに読み返していなかった。

今回、ひさしぶりに収録作を読み返し、その勢いを借りて、本書には収録されていない短編も再読してみたのだが、すみません、私まちがってました。芥川龍之介の作品は、べつに説教くさくない。教訓譚《たん》として読める余地がまったくないとは言い切れないが、しかし彼の作品の魅力、生命は、説教や教訓とは全然べつのところにあるのだ、と改めて感じた。

たとえば、『蜘蛛《くも》の糸』。御釈迦様《おしやかさま》が、地獄で苦しむ犍陀多《かんだた》を見て、極楽から蜘蛛の糸を垂らしてあげる。なぜなら、犍陀多は極悪人だけれど、生前に一匹の蜘蛛を助けたことがあるから。だが犍陀多は、蜘蛛の糸を伝って自分だけ極楽に逃れようとしたため、せっかくの救いの糸は切れてしまい、やっぱり地獄で苦しみつづけることになったのでした。

舞台があの世で、登場人物のなかに御釈迦様がいるせいか、教訓譚としても読めてしまう話である。「自分本位の行いをすると、せっかくのチャンスを潰《つぶ》し、地獄の苦しみを味わう羽目になりますよ」と。

しかし、実は『蜘蛛の糸』は、そんな話じゃないのではないか、と今回思ったのだ。まず、生前の犍陀多の唯一の善行、「蜘蛛を助けた」。これ、よく読むとまったく助けていない。「林のなかを歩いていたら、蜘蛛が路《みち》ばたを這《は》っていたので、踏み殺そうかと思ったけど、やめた」というだけなのだ。

道をふさぐほど巨大な蜘蛛だったわけでもなし、通常はまず、「踏み殺そうか」と思わないだろう！　そんな発想が出てくる時点で、犍陀多は地獄に落ちてしかるべきではないのか。犍陀多は積極的に蜘蛛を助けたのではなく、「道を歩いてる蜘蛛をそのままにして通り過ぎる」という、ごくフツーの行いをしただけなのである。

これを善行と認定するなら、地獄へ落ちなきゃならない人間なんて一人もいなくなるだろう。御釈迦様が犍陀多のために蜘蛛の糸を垂らしたのは、地獄の存在意義を揺るがすような一大事だ。いったい、御釈迦様はなにを考えているのか。地獄がからっぽになってもいいや、と思ったのか。

犍陀多レベルの「善行」ならば、たいがいのひとが生前にしたことがあるはずで、「だったら最初から極楽に行かせてくれよな」と文句の一つも言いたいところだ。犍陀多だって、まさか自分が蜘蛛を踏まずに歩いたことが原因で、糸が垂れてきたとは推測できまい。俺だけ助かりたい、と考えるのもいたしかたないだろう。それぐらい、地獄の生活は厳しいのだ。他者への思いやりを忘れるほどの生活環境（地獄）にひとを突き落としておいて、「自分本位だから、やっぱり極楽に来る資格なし」と判定するとは、御釈迦様ってのはどんだけ上から目線なのか。「あの世でまで、ひとを試すな」と、読んでいて憤《いきどお》りの念さえ湧《わ》いてくる。

些末《さまつ》なことを「善行」と認定する。絶えず、なにものかに試され、運命に翻弄《ほんろう》される。ここには説教や教訓はなく、ただ理不尽だけがある。この皮肉さが、人間世界の実相を巧みに表しているなあと、今回読み返して思った。しかもそれを、非常に映像的な文章で表現してある。たとえば御釈迦様は、極楽の蓮池《はすいけ》から地獄を覗《のぞ》き見る。

水の面《おもて》を蔽《おお》っている蓮《はす》の葉の間から、（中略）水晶のような水を透《す》き徹《とお》して、三途《さんず》の河や針の山の景色が、まるで覗き眼鏡を見るように、はっきりと見えるのでございます。

蓮池は、まさにカメラのレンズのように、御釈迦様が見た風景を読者の脳内にも映しだす。そして、すぐにカットが変わり、今度は地獄の情景が描きだされる。鮮やかで切れのある文章だ。

文章表現の妙は、『芋粥』の旅路の場面や、『トロッコ』の終盤でも堪能《たんのう》できる。

晴れながら、とげとげしい櫨《はじ》の梢《こずえ》が、眼に痛く空を刺しているのさえ、何となく肌寒い。（『芋粥』）

もう両側の家々には、電灯の光がさし合っていた。良平はその電灯の光に、頭から汗の湯気の立つのが、彼自身にもはっきりわかった。（『トロッコ』）

特に飾りがある文章ではないのに、情景が目に浮かぶ。同時に、登場人物の感じていることが、自分もその場にいるかのように伝わってくるではないか。

子どものころ、芥川龍之介の作品を読んで「楽しい」と感じたのは、彼の文章が切り取る情景や心情の鮮やかさ、彼の文章から生まれいずるイメージの豊かさに、くらくらするほどの喜びと刺激を覚えたためだろう。

この本のなかで、私が一番好きな作品は、『蜜柑《みかん》』だ。子どものころは、読んでも「ふうん」としか思わなかった。だが、いまは、胸に迫るものを感じる。おおげさかもしれないけれど、「そうだ、生きるって、人間って、こういうものなんだ」と叫びたくなる。

ごく短い話だが、ここでも鮮やかな文章表現が冴《さ》えわたっている。灰色の風景。そこへ降る、あたたかい色をしたいくつかの蜜柑。子どもたちの表情も、それを見た語り手の表情も、ありありと思い描ける。かつて自分が目撃した光景なのではないか、と勘違いしてしまうほどに。

なによりも、『蜜柑』には希望がある。芥川龍之介はどちらかといえば、希望や明るさよりも、生きるうえでの皮肉と理不尽を書いた作家だといえるだろう。「不可解な、下等な、退屈な人生」を、大多数のひとよりも鋭敏に感受したからこそ、小説を書かずにはいられなかったのではないか。

だが、そんな彼だからこそ、希望を、善なるもの美なるものを、だれよりも切実に求めていたのだと、『蜜柑』を読むとわかる。見逃してしまいがちな、うつくしく貴いものを、彼は決して見過ごさなかった。「不可解な、下等な、退屈な人生」にただ倦《う》むのではなく、美と善と希望を、情熱をもって欲し、求め、感受していた。興奮を押し殺し、静かな喜びとともにつづられた『蜜柑』の終わりの一文は、芥川龍之介にとっての希望と救いであるのみならず、この作品を読むすべての人間にとっての希望と救いになり得ている。

本書ではじめて芥川龍之介の作品をお読みになったかたには、ぜひ、ほかの短編にも手をのばしてみていただきたいと願う。個人的には、『地獄変』『舞踏会』などがおすすめです。また、芥川龍之介は『今昔《こんじやく》物語集』などから短編の題材を採っていることがあるので、元ネタと読み比べてみるのも楽しいです。

（みうら・しをん／作家）

＊本作品集は『芥川龍之介全集』（岩波書店）第一巻、第三巻、第四巻、第六巻、第九巻（一九九五～九六年）を底本としました。文庫版の読みやすさを考慮し幅広い読者を対象として、新漢字・新かな遣いとし、難しい副詞、接続詞等はひらがなに、一般的な送りがなにあらため、他版も参照しつつルビを振りました。読者にとって難解と思われる語句には巻末に編集部による語註をつけ、略年譜を付しました。各作品の末尾に発表年月を（　）で示しました。また、作品中には今日の人権意識からみて不適切と思われる表現が含まれていますが、作品が書かれた時代背景、および著者（故人）が差別助長の意味で使用していないこと、また、文学上の業績をそのまま伝えることが重要との観点から、全て底本の表記のままとしました。

ハルキ文庫

あ 19-1

蜘蛛《くも》の糸《いと》

著者 芥川龍《あくたがわりゅう》之《の》介《すけ》

2011年4月15日第一刷発行

発行者 角川春樹

発行所 株式会社角川春樹事務所
〒102-0074 東京都千代田区九段南2-1-30 イタリア文化会館

電話 03(3263)5247(編集)
03(3263)5881(営業)

印刷・製本 図書印刷株式会社

フォーマット・デザイン 芦澤泰偉
表紙イラストレーション 門坂 流

ISBN978-4-7584-3540-6 C0193 ©2011 Printed in Japan
http://www.kadokawaharuki.co.jp/[営業]
fanmail@kadokawaharuki.co.jp[編集] ご意見・ご感想をお寄せください。